ハヤカワ文庫FT
〈FT597〉

真実の魔術師

チャーリー・N・ホームバーグ
原島文世訳

早川書房
8158

すべての物質を扱う人――わが父フィル・ニコルズへ。
勤勉の大切さを教えてくれてありがとう。

真実の魔術師

登場人物

シオニー・トウィル……………紙の魔術師の実習生
エメリー・セイン………………紙の魔術師〈折り師〉、シオニーの師匠
プリットウィン・ベイリー……〈折り師〉、シオニーの資格試験の試験官
ベネット・クーパー……………ベイリー師の実習生
パトリス・アヴィオスキー……魔術師養成学院の前校長、ガラスの魔術師〈玻璃師〉
アルフレッド・ヒューズ………刑事大臣、ゴムの魔術師〈練り師〉
ジーナ……………………………シオニーの妹
サラージ・プレンディ…………邪悪な血の魔術師〈切除師〉

第一章

フリルつきのブラウスと無地の茶色いスカートの上に赤い実習生のエプロンをつけたシオニーは、三本脚の腰かけに爪先立ちになり、ホロウェイ家の居間の東側の壁、ちょうど天井との境目に白い正方形の紙を貼りつけた。一家はホロウェイ氏のアフリカ従軍記章の受章を祝う予定で、パーティーの飾りつけをするのに地元の折り師――エメリー・セイン師――を雇いたいと依頼してきたのだ。

もちろんエメリーは〝つまらない仕事〟を実習生によこした。

シオニーは椅子からおりると、部屋の中央までさがって成果を検分した。手の込んだ飾りつけのため、すでに広い居間からは家具の大部分が移動されている。これまでのところ、支え用の正方形を二十四枚壁に接着し、ミセス・ホロウェイが電信で知らせてきた寸法通りに切った大きな白い紙を部屋じゅうに置いてあった。

支えの正方形がきっちり平行に並んでいることを確認してから、シオニーは言った。

「貼りつけ」

床にまるまっていた二十四枚の細長い紙が、野原を走っていく野ウサギさながらにはねあがった。めいめい指定された正方形に向かってのびあがり、ぴたりとくっつく。

「平たくなれ」と呼びかけると、正方形からたれさがった重い紙は、壁紙のように壁に貼りつき、部屋を均一に白く覆った。もちろん北側の壁の階段は例外だ。

夫がアフリカで経験した短期間の軍事行動を反映させたいということで、ミセス・ホロウェイはジャングルをテーマに要望してきた。シオニーは――関連する本を何冊か参照したあと――必要な術を大きな紙の裏に書き、それに応じて紙のかどを折った。いまやその案をためしてみるだけだ。

「描《えが》け」と命じると、ほっとしたことに、どの紙も紙人形のときのように色と形が変わり、緑と茶の色合いに染まった。黄色がかった暗緑色が壁に帯状の影を投げかけ、もっと明るい青緑と黄緑が蔦《つた》のからまる葉の天蓋から光が射し込む様子を演出する。床板の近くでは、でこぼこした暗褐色と赤褐色の土に囲まれて、オリーヴ色の細い筋がぼうぼうに茂った草を作っている。虫の羽ばたきの合間に、遠くから赤い喉の潜水鳥《アビ》の歌声が呼びかけてきた。ともかく、シオニーに想像がつくかぎりの歌声だ。そんなものは一度も聞いたことがなかったので、動物園で見つけた風変わりなアフリカの鳥が発した音から推測するしかなかった。

シオニーは歩幅をせまくして部屋をまわり、大規模な幻影をじっくり見た。みずからの魔術で作り出した実物そっくりの壁画。三十秒ごとに長い耳のネズミが二本の木のあいだを走り抜け、十五秒ごとにそよ風が木の葉と蔓草をさらさらと鳴らす。紙を持っていないのに、呼応して指がうずいた。こうした術はいつ見てもすばらしい。

長々と息を吐き出す。間違いはない——よかった。このレベルの幻影をそつなく処理できなければ、来月魔術師の資格を得る試験に受かるはずがない。エメリー・セインの2・5番目の実習生になって二年目の記念日から一週間以内に試験を受けようと計画を立てているのだ。

正面のドアまで戻ると、術を入れた大きな手提げ袋の上にかがみこみ、〝星の光〟をぎっしりつめた木の箱をとりだす。ずっと前にエメリーの最初の実習生ラングストンに教わった折り紙だ。小さな五角形の星はファージング硬貨ほどの大きさで、ひとつ残らず琥珀色の紙で折ってあった。もっとも、この紙を売った商人は「アキノキリンソウ色」と記載していたが。何十個もの星を三日で折ったせいで指が痙攣し、この年で関節炎になったかと不安に襲われたほどだ。そのあとで同じ琥珀色の紙を小さなジグザグ形にして、ひとつずつ星の裏に貼りつけた。

そうして作った星の光をつややかな黒っぽい床にぶちまけて命じる。「浮け」星の光はひとつ残らず、ジグザグの側を上にしてシャボン玉のように天井まで浮かびあがった。「輝け」と命じると、内側にやわらかな火が燃えだす。ホロウェイ一家が電灯を消したら、室内は不思議な光に照らされてどこかロマンチックな雰囲気になるだろう。

シオニーは小さな紙の蝶たちに命を吹き込んだ。これがひらひらと部屋を飛びまわるはずだ。また、床に撒いた三角形の紙吹雪は、客の足もとで動いて風が吹いているという幻想を与えるだろう。晩餐用の紙ナプキンまで折って術をかけ、客が広げたら青緑色に光って「おめでとう、オールトン・ホロウェイ」と読めるようにした。ときおり象かライオンの物語の幻影がうっすらと浮かぶようにすることも考えたが、その場合、パーティーのあいだここにいて呪文を読みあげなければならない。それに、年輩の客が困った反応を示すのではないかという不安もあった。ほんの数カ月前、鏡の幻影で突進してくる列車を見て、劇場のそばで老婦人が心臓発作を起こしたという新聞記事を読んだばかりだ。そこで上演されている新しいアメリカの劇の宣伝だったらしいが、軽率なことをしたものだ。客のひとりが紙のライオンを撃とうとしたら、間違いなくパーティーはだいなしになる。

　天井付近だけを飛ぶようにと指示を与え、命を吹き込んだ鳴き鳥を放したとき、ミセス・ホロウェイが階段からおりてきて驚きの叫びをあげた。さいわい、そのあとには満面の笑みが続いた。

「まあ、びっくりだわ！　本当にすばらしいこと！」と声をあげ、厚く白粉《おしろい》をはたいた頬に両手を押しあてる。「払ったお金の価値は充分にありますよ！　しかもあなたはまだ実習生なのにね」

「来月魔術師の資格試験を受けようと思っているんです」シオニーは言ったものの、賛辞に顔を輝かせた。

　ミセス・ホロウェイは二回手を叩いた。「推薦状がほしかったら、お嬢さん、さしあげるわよ。まあ、オールトンがさぞ驚くでしょうね！」階段のほうに向き直る。「マーサ！　マーサ、洗濯物をちょっと置いて、見にきてごらんなさい！」

　シオニーは手提げ袋をつかみ――いまではずっと軽くなっている――依頼人が昂奮しすぎて収拾がつかなくなる前に一礼して家を出た。これ以上飾りつけを管理する必要はないし、ミセス・ホロウェイは今週の早いうちに支払いを小切手で済ませている。実習生は普通、月給以外はただ働きだが、エメリーはきっと全額――相当な金額だ――もらっていいと言ってくれるだろう。その金の大部分は、ようやくミルスクワッツから出てポプラーのアパートに引っ越した両親に送るつもりだった。母はとくに〝施《ほどこ》し〟を受けることを嫌っているが、こちらも負けずおとらず頑固に主張できる。

シオニーは外の歩道にしゃがみこみ、紙を一枚ひっぱりだすと、長方形の翼を持つ小さな紙飛行機を作り、中央に通りの先の交差点の住所を書いた。「息吹《いぶ》け」と命じて命を吹き込み、座標をささやきかけて風に放つ。小さな紙飛行機は一度旋回してから南へ向かった。

肩に手提げ袋をかけて歩道を進み出すと、無地の茶色いスカートがくるぶしのまわりではためき、二インチのヒールが馬の蹄鉄のようにカツカツと地面にあたった。ここはロンドン郊外の高級住宅街で、家々は緑ゆたかな広い土地にはさまれている。そのうち半分は手の込んだ石垣や錬鉄《れんてつ》の柵で守られていた。通行人に反応して回転するエリンバー合金の杭や、予定していた訪問客が近づくと勝手にひらく真鍮《しんちゅう》の門錠など、精錬師製の装飾品が置いてある家も少数ながら見受けられる。もう冬の名残もすっかり消えるほど暖かくなり、柵の向こうのこぎれいな庭には五月の花々が咲き乱れていた。整然とした近隣の環境をまるで無視して、歩道と玉石の隙間に生えている花さえあった。後ろにまとめたかぼちゃ色の髪のほつれ毛をそよ風がゆらす。シオニーはそれを耳の後ろにはさんだ。

数分後、ホーランドパークアベニューとアディソンロードのかどに到着すると、車が道路から縁石に近づいてきた。シオニーは身をかがめてガラスのない助手席の窓からのぞきこんだ。「こんにちは、フランク」と声をかける。「あなたの車に乗るのはずいぶんひさしぶりね」

中年の男はにやっとすると、山高帽をかたむけてみせた。シオニーがさっき折った小さな紙飛行機を人差し指と中指ではさんでいる。「毎度ありがとうございます、ミス・トウィル。またベッケナムへ？」

「ええ、お願い、家へ」と答え、後ろのドアへ移動する。「気にしなくていいから」乗るのを手伝おうとフランクが運転席のドアの掛け金に手をのばしたので、そうつけくわえる。すばやく後部座席にすべりこみ、座ったというしるしに前の座席を軽く叩いた。

フランクは一瞬交通が途切れるのを待ってから、アディソンロードに入った。

エメリーの家まで四十五分の距離を走っていくあいだ、シオニーは背もたれによりかかっていた。窓を通りすぎていく街の景色をながめる。次第に家々の間隔が狭まり、面積が縮んで、通りや歩道には毎日あくせく働くふつうの人々がどんどん増えていった。

小さな店に風を通して煙を払っているパン屋、せまい路地でおはじきをしている少年たち、乳母車を押しながらスカートのポケットに幼い少年をしがみつかせている母親。その最後の光景で、はじめに学んだ術のひとつが頭に浮かんだ。〝偶然の箱〟と呼ばれる運勢占いの術だ。以前その中に見たものは決して忘れない——花咲く丘の頂上に立っているシオニー自身と、おそらく自分の子と思われるふたりの子どもの、ぬくもりと幸福に包まれた光景。その幻の中で隣に立っていた男性は、ほかならぬ魔術の師匠だった。もちろん師弟の恋愛という考え自体は不名誉なこととされている。だから秘密を打ち明けたのは、エメリー・セインに一度しか会ったことのない母だけだった。

そのうち街は途切れ、車は家まで続く見慣れた土の道に入った。道筋には緑に芽吹いた春の木々が並んでいる。シオニーはその向こうの川から視線をそらした。小さな川だが、それでもぎくっとさせられる。二十カ月前には、ふたりとも身の安全のために、あののひなびた風変わりな家を離れなければならないのではないかと心配したものだ。だが、敵が死んだり投獄されたり永遠に凍りついたりしている以上、ひとまず危険は去った。ありがたいことだ。なにしろ、九十日ごとに命がけの戦いをさせられるのでは、魔術師の資格試験の準備など整うわけがない。

シオニーは手提げ袋の隅におさまっているハンドバッグに手をのばし、化粧用の手鏡のまるい表面に指を走らせて、上に刻まれたケルトの結び目模様をたどった。空想にふけっているときでさえ、自分の過去を……冒険を……軽く考えるべきではなかった。代償は高くついたのだ。苦い後悔をのみこむ。

車は家の前に止まった。道路から見ると、ポルターガイストが出没し、風がひとりでに吹いてしわがれた声で鳴く鴉《カラス》までいる荒れ果てた大邸宅だ。〝お化け屋敷〟は自宅に仕掛けた中でもエメリーが気に入っている幻影だった。荒れ地の光景や、この前の三月にためした墓石がガタガタ揺れる墓地よりもだ。シオニーが抗議したので、墓地は二週間後に取り払われた。いや、最終的に納得したのは、牛乳屋が不整脈を起こしたからかもしれない。

その幻影は柵のまわりに折ってあったので、門を通り抜けたとたん術は消え失せ、実際の家が現れた。黄色い煉瓦《れんが》造りで、二週間前にふたりで朽ち葉色に塗ったポーチがついている。紙のラッパズイセンの咲く庭は石を置いた短い小道にふちどられていた。書斎の窓にかぶさった蔦には生身の椋鳥《ムクドリ》がしがみつき、甲高い鳴き声をあげて、巣に近すぎる場所を嗅ぎまわっている小さな紙の犬を威嚇している。

「フェンネル！」と呼びかけると、紙の犬は頭をもたげ、目のない顔でシオニーを探した。かぼそくかさかさした声で二回吠え、踏み石のあいだの土に足跡を残しながら、小道をとびはねて駆けてくる。二、三ヵ月前にはほとんど跡がつかなかったが、二月にプラスチックの骨をつけてやったのだ。骨や関節を結びつけておく可塑術自体は簡単に習得できたが、フェンネルに合わせて動くような作り方を学ぶには、何カ月もの研究が必要だった。もちろんその魔術は内緒でやった。こういう研究は秘密にしておくのがなによりだ。

犬は足にとびついてくると、前足を靴にかけ、プラスチックで補強した尻尾を激しく左右にふった。

「行きましょう」と言うと、シオニーは身をかがめて顎の下をかいてやった。

めて尻尾をふりながら待った。戸口をあけてやると、フェンネルは先に玄関へ駆けていき、ドアの柱に鼻をうずめて尻尾をふりながら待った。戸口をあけてやると、廊下のつきあたりまで走ってから戻ってきて、居間の整然としたがらくたの山へとびこむ。そしてすぐさま、ソファのいちばんすりきれたクッションからはみ出たつめものをかじりだした。

シオニーはまずエメリーの書斎へ向かった。厚さも色も大きさもさまざまな紙束を収納した棚がぎっしりと並ぶ長方形の部屋だ。窓にかぶさった蔦のせいで暗い青緑の光が射し込み、まるで家が海の底に沈んでいるかのようだった。戸口の向かいにはエメリーの机が置いてある。紙の山、針金の紙挟み、糊《のり》と鋏《はさみ》、読みかけの本が数冊、ペン入れ、インク瓶などが机の表面に散らばっていた。もっとも〝散らばっている〟というのは正確な表現ではないかもしれない。どの品もパズルのピースのように隣の品物とぴったり合っており、まがっているものはひとつもなかった。作業用に表面のほんの一部を空けてあるだけだが、家の中のあらゆるものと同様、この机の上も、寄せ集めとしてはこれ以上ないほどきっちり整って見える。二十一年の人生で、物集めが好きなわりにこれほど几帳面な相手には会ったことがない。現在、部屋は無人だった。

机の後ろには木の枠がついたコルクボードがかかっており、そこにふたりとも仕事の注文、領収書、電文、メモなどをピンで留めていた。どれも一定の間隔をあけて、煉瓦造りのように几帳面に並んでいる。もちろんエメリーのしたことだった。シオニーはミセス・ホロウェイの飾りつけの依頼を真鍮の画鋲から外し、ごみ箱に持っていった。だが、捨てる前にまず「裂けよ」と命じる。

仕事の注文はひとりでに十数枚の長い紙片に裂け、雪のようにひらひらとごみ箱に落ちた。

書斎を出たあと、フェンネルがぐちゃぐちゃにしないようにドアを閉め、シオニーは台所と食堂を通り抜けて二階に続く階段をあがった。二階には寝室と洗面所、図書室がある。シオニーの寝室は左側の最初の戸口で、中に入ると手提げ袋をおろした。

いまの室内は二年前に到着したときとはずいぶん違って見えた。寝室で過ごす時間の大半は、机に向かって紙を折るか、エメリーが学問的な気分になったとき論文を書くかなので、ベッドを衣裳戸棚に近い奥の隅へ移動し、窓のそばに机を据えたのだ。この前の冬、退屈をもてあましていたときに床板を濃いサクランボ色に染めた。エメリーが台所と食堂の羽目板を飾っているように、シオニーが作った紙細工も壁と天井を飾っている。一方の壁からは、精緻なバレリーナの衣裳を着たちっちゃな紙の踊り手たちが舞い降りているように見える。反対側の壁にはあらかじめ作っておいた鎖の術がいろいろとぶらさがっていた。螺旋状の花びらを持つ紙のカーネーションが赤と青と交互に窓枠を彩り、房飾りのついた同じ色の紙の花飾りが衣裳戸棚のドアをふちどっている。天井からさがった紐につるしてあるのは、先端が十二か十八にとがった星の飾りだ。こぶしの半分ほどから夕食用の平皿ぐらいまで、大きさはさまざまだった。女性雑誌から切り抜いた紙の羽飾りや、命を吹き込んだ海馬の動く彫刻、それと星の光に囲まれた小卓には、二十歳の誕生日にエメリーが作ってくれた赤い紙の薔薇を挿した花瓶が置いてある。ベッドの頭側の壁際を占領しているのは、巨大な雪の結晶めいた高さ四フィートのロンドンの切り絵だ――おととしのクリスマスにエメリーが作って贈ってくれた。ドア付近には紙の雲が浮かび、教科書を入れてある二段の本棚の上には紙の明るいピンクのポンポンが載っている。

装飾はすべて一年十一ヵ月のあいだにたまったものだ。四月に末の妹——マーゴ——が訪れるまで、シオニーは自分が不思議の国のような場所を作りあげたことに気づいていなかった。

枕の上に皺になった封筒が置いてあった。手提げ袋をほうりだして近づき、中身を探ってみる。『今日の魔術師』誌のカタログで注文したゴムのボタンだ。シオニーは小さな包みを机のいちばん下の引き出しにしまった。『火の魔術の正確な計算』の本など、人目にふれさせたくないほかの品々をそこに隠してあるのだ。それから、小走りでエメリーの部屋に向かった。

ノックしてドアをあけたが、中には誰もいなかった。図書室にもだ。

頭上でどさっという音がした。

「また大きな術を研究してるのね」とひとりごち、家の三階に続く階段へのドアをひらく。床面積の足りない部分を高さで補っているのだ。エメリーが〝大きな術〟に取り組むことはそう頻繁にはなかったが、そのときにはまるまる二十四時間いなくなると予想しても間違いではなかった。

三月にエメリーは、ふくらませた紙の弾を発射する全長七フィートの象撃ち銃を完成させ、シェフィールドの少年孤児院に寄贈した。今度はどんな突拍子もない思いつきに手を出したのだろう。

三階のいちばん奥の隅では、天井の釘からさがった輪縄にジョント――エメリーの紙の骸骨の執事――がつるされていた。足の下にはまるめた紙の管やテープ、対称に切った紙などがごちゃごちゃと散らばっている。その脇の腰かけにいちばん新しい栗色のコートを着たエメリーが立ち、六フィートの長さの蝙蝠《コウモリ》の翼をジョントの背骨に貼りつけている。

シオニーは目をぱちくりさせてその光景を見つめた。まあ、驚くべきではないのだろう。

「死の天使を見るまでにはまだ何年かあると思ってたわ」と言い、胸もとで腕を組んだ。「たとえ半分だけでもね」

エメリーは腰かけの上でふらつき、肩越しにこちらを見た。ジョントの左の翼の先端を形成するらしい硬い紙を両手で持ちあげている。その動作につれて漆黒の髪が顎のあたりでゆれ、あざやかな緑の瞳が午後の陽射しのようにきらめいた。

こういうときでさえ、あの双眸《そうぼう》につい見入ってしまう。

「シオニー！」エメリーは声をあげると、また研究課題のほうに向き直って翼の作業を終わらせた。「まだ一時間は戻らないと思っていたが！」

「あの依頼は心配していたほど複雑じゃなかったの」シオニーは唇に微笑をたたえて答えた。「どうしてジョントをドラゴンにしてるのか説明する気はある？」

エメリーは腰かけからおりて肩をまわした。「今日行商人がきてね」

「行商人？」

「靴墨を売っていた」と言い、顎の下のほうに生えた無精髭をこする。「値段はまともだったと認めざるを得ないな」

シオニーはうなずいた。「それでジョントに翼が必要なわけね」

相手はにやっと笑った。「ここに引っ越してから行商人がきたことはなかったのでね」と説明する。コートとズボンから紙くずを払い落とし、部屋を横切ってきた。途中で巨大な紙飛行機の二代目を通りすぎる。初代はシオニーがなくしてしまったのだ。

「あきらかにこの場所の外見は以前ほど迫力がなくなっているようだ。ジョセフ・コンラッド（『闇の奥』の著者）の人気のせいだと思うね。墓場はやめておくとふたりで決めた以上、ジョント、つまりきみがなんとも適切に表現した〝死の天使〟に、今後探りを入れてくる者を威嚇させようと考えたわけだ」

シオニーは声をたてて笑った。「外に出しておくつもり？　雨が降ったらどうするの？」

「ふむ」エメリーは長いもみあげのひとつをなでながら言った。「翼を取り外し可能にしないといけないな。とはいえ、実現可能な選択肢だと思うが」

口もとより目もとでほほえむと――もっとも純粋な笑顔だ――シオニーの肩をつかみ、軽く唇にキスした。

「さて」と言い、例のほつれ毛をシオニーの耳の後ろにはさむ。「夕食にキドニーパイを作ってもらうよう説得するにはどうすればいい？」

「キドニーパイ？」シオニーは眉をあげて繰り返した。「そもそも腎臓《キドニー》があるの？」

「今朝の時点では」と返事がくる。

シオニーは衝撃を受けたふりをして口を覆った。「まさか。この人が自、分、で、食料品を買ったりするはずがないわ」

「プラフの理事会と会わなければならなかったのでね。実習生のことで」エメリーは肩をすくめた。「金を払って買い物をまかせた少年はきちんと仕事をしてくれた」

シオニーはあきれた顔をしたが、微笑は残っていた。「わかったわ、でもいま始めないと。それに、言っておくけど、わたしはまだここを出てないんだから」

エメリーはシオニーの肩を握りしめてから手を離した。「理事会はなんでも先取りしたがる。パトリスがいなくなって以来、卒業関係は大混乱でね」

シオニーはうなずいた。アヴィオスキー師は一年半前に魔術師内閣の教育委員長の地位を提供され、タジス・プラフ魔術師養成学院を辞めたのだ。

シオニーは部屋を出て一階に戻った。階段のドアの前にはフェンネルが座り、上に行かせてもらおうと待ち構えていた。腎臓は紙にくるんで台所の冷蔵箱に押し込んであった。冷蔵箱には冷たい吹雪の術がかかっている。シオニーはまるい紙吹雪を包みから払いのけて作業を始めた。水がきれいになるまで腎臓を洗ってから、月桂樹の葉とタイム、タマネギと一緒に片手鍋で炒める。それに火を通しているあいだにトマトをさいの目に切ってつぶしたが、マスタードを切らしていたので少量の酢で代用しなければならなかった。

研究予定表に急ぎの課題はなかったので、卵をいくつか割ってデザートにクリームブリュレを作ることにした。ミセス・ホロウェイの小間使いのひとりがパーティーで出される予定だと言っていたので、食べたくてたまらなくなったのだ。腕が痛くなるまでクリームと卵黄と砂糖を泡立て、ふたつの陶製容器《ラメキン》に流し込んで、天火のキドニーパイの隣に入れる。

どちらの料理も焼き終わると、引き出して食卓の用意をした。耳をすましてもエメリーの足音が聞こえなかったので、料理本を入れてある戸棚をあけ、『フランス料理』の本からマッチ数本とリンの球が入った小さなマッチ箱をひっぱりだす。それを左の手のひらに乗せ、右手で木べらをつかんで言った。「大地によって作られし物質よ、扱い手が汝《なんじ》を呼ぶ。汝を通じ結びつくがゆえにわれと分離すべし、まさにこの日に」

決して解けないとされている紙との結合をシオニーが断ち切ったのはこれがはじめてではなかったし、二度目でもなかった。木べらをおろし、手を胸に押しあてて続ける。

「人によって作られし物質よ、汝を呼ぶ。われが汝と結びつくがごとくわれと結びつくべし、まさにこの日に」

最後にマッチをすってつぶやいた。「人によって作られし物質よ、作り手が汝を呼ぶ。われが汝と結びつくがごとくわれと生涯結びつくべし、わが命つきて大地に還るその日まで」

それから歯を食いしばって指を炎に突っ込む。ほっとしたことに、火傷《やけど》はしなかった。つまり火と結合したということだ。念火師は自分で作り出した炎に免疫がある――実際、すてきな特典だ。

マッチの火が消えるまで、炎にふれた皮膚がじんじんうずいた。驚くほど心地いい感覚だった。シオニーはマッチ箱をエプロンのポケットに押し込んだ。火を使い終わったら、結合を解くのにリンの球が必要になる。

天火の扉をひらくと、「よみがえれ」と命じて火花を引き寄せ、「燃えあがれ」という言葉で人差し指の先端に小さな炎を起こした。

念火術は物質魔術の中でも最後にためした術だった。一度うっかりしただけで家を焼き払いかねなかったからだ。最初のときは浴槽に足をつけたままやってみた。さいわい、そのときはかなりひどい火ぶくれができた程度でおさまった。いまでは簡単な初心者向けの術にとどめておくようにしている。

ちっぽけな炎を使ってクリームブリュレの表面のカラメルを焦がす。エメリーの足音が階段に響いたので、「停止せよ」と命令するかわりに火を吹き消した。

「すばらしくいいにおいだ」食堂に入ってきたエメリーが言った。「ああ、夢中になりすぎたな。食卓の用意をするべきだった」すでにシオニーが準備したのを見てそうつけたす。

「このパイを焼いているあいだ、ほかにやることがなかったから」シオニーは言い、タオルをつかんでキドニーパイを食卓に運んだ。

指の裏側で首筋をなでられ、肩の下にぞくぞくとした感覚が走る。「ありがとう」とエメリーは言った。

シオニーはにっこりし、頬がほんのりと染まるのを感じた。エメリーが引いてくれた椅子に腰をおろし、エプロンを外して背もたれにかける。

上の空でポケットに手を突っ込み、マッチ箱に指を走らせた。夕食が終わりしだい紙との結合を復活させなければ。さすがのエメリーも、食事の最中に不意打ちの試験をしたりはしないだろう。代理としてホロウェイ一家のパーティーの仕事を済ませてきたあとなのだから。

フォークでキドニーパイの一切れを突き刺す。ある意味でその魔術――結合の解除――は不正行為のような気がした。

シオニーにその術を教えた男もおそらく同意するだろう。まだ生きていたとしたら。

第二章

夕食後、エメリーは食器を洗い、シオニーは火との結合を解くためリンを持って二階の自室へ急いだ。フェンネルの毛のない体をなでながら紙と再結合し、それからゴムのボタンをとりだして調べた。これでフェンネルの前足に丈夫な足当てを作りたかったのだ。ちょうどいい大きさに近かったので、うまくいけばそんなに物質を操らなくてすむだろう。こんな作業をエメリーに手伝ってもらうわけにはいかない。

ゴムを手にして動きを止める。本当にこんなことをしている時間があるのだろうか。

二年近く前、アヴィオスキー師の家で結合解除の秘密を知ったあと――自分しか知らない秘密だ――シオニーは病院のベッドで目覚めた。ガラスでずたずたにされた体は、切除師の治療を受けて無傷に戻っていた。命を救ってくれた魔術師は、合法的にその物質を使うことを認められていたが、誰かに血の魔術を使われるという考えはぞっとするものだった。とくにそのときは、ある切除師が親しい友人を殺すところをまのあたりにした直後だったのだ。

目覚めたときには玻璃師――ガラスの魔術師――になっていた。自分の命を救うため、結合した物質を変更していたからだ。紙と再結合したあと、二カ月のあいだグラス・コバルトの奇妙な魔術を忘れようとした。

だが、シオニーは忘れることのできない記憶力をそなえていた。どんな細かい事柄でもひとつ残らず思い出してしまうのだ。五年生で受けた最初の綴《つづ》り字試験、キドニーパイのレシピ、一九〇一年九月十八日にはじめて会ったとき、アヴィオスキー師がはいていた靴の留め金に至るまで。

アヴィオスキー師の体が自宅の垂木《たるき》からぶらさがっていた様子、腫れあがった手首や片側にだらりとたれた頭を憶えている。自分の皮膚を突き破ったガラスのひとつひとつを思い出せる――いまも切り裂かれるのを感じてみぶるいし、体をこすって鳥肌を抑えようとした。友人デリラの瞳に浮かんだ恐怖の表情もくっきりと脳裏に残っていた。絵の技術があったら目隠しされていても描けるに違いない。

したがって、切除師になるためにグラス・コバルトが結合を解除し、再結合したやり方は正確に心得ていた。

エメリーには病院で新しい能力について告げた――証明さえしてみせた――ものの、

詳細は話さなかった。くわしく話してくれとは一度も言われていない。物質を変更する能力についてのわずかな知識さえ気づまりに感じているようだ。無理もない——シオニーは重力を打ち破るのに匹敵するほどのことを成し遂げたのだから。シオニーのほうも、ほかの魔術を深く研究したいという望みは打ち明けなかった。ふたりの新たな関係は、それでなくとも心もとなかったからだ。

はじめのうちは望みもしない新たな知識をためすつもりなどなかった。エメリーにはいまだにそういう気持ちでいると考えさせている。批判されるとは思わなかったが、失望されることには耐えられなかった。

そういうわけで、秘密のままになっているのだ。

最初はみずからに厳格な規則を課した。折り術の勉強と実習生としての務めをすべて済ませるまで、別の物質の研究はしないこと。その規則を破ったのはほんの二、三回、機会を逃すにはあまりに魅力的な術や興味深い術のためだけだ。たとえば弾丸に魔法をかけたり、鏡に映る自分の影を修正したりというような。

だがいま、魔術師の資格試験をほんの一月後に控えて、本当に紙の犬の前足にゴムをくっつけている余裕があるのだろうか。

ゴムのボタンを指で握りしめる。心の一部は準備ができているとわかっていた。何十枚もの紙を使って生き物を作り、命を吹き込む方法を知っている。もっとも難解な紙の幻影を描くことも、五十四種類の紙の鎖を組み立てることも、爆発するほど速く紙を振動させることもできる。自分で実習生を教えることさえできるに違いない！

だが、それでも……なにを試験されるのか、どう出題されるのかは知らない。試験の進行について詳細を明かすわけにはいかないとエメリーは主張した。その理由だけでも、もっと勉強すべきだとわかっていた。折り術、紙の魔術を、ありとあらゆる角度から研究すべきなのだ。たとえ内容自体は新しくなくとも、自分が知らない可能性のある記事や論文はすべて。

溜め息をついてゴムのボタンを下に置く。まだ暇な時間はある。そのときフェンネルを改良する機会が持てるだろう。

シオニーは目をあげ、ハンノキの枝で半ば隠れた窓の外をながめた。あざやかなピンクが木の葉を際立たせ、その向こうの空は薄紫に染まっている。

例のほつれ毛を耳の後ろに戻して図書室へ歩いていく。あそこなら窓がもっと広いし、傾斜してもいない。

外の景色は美しかった。

折り術の実習生になるまで、日没をじっくり味わったことはなかった。ミルスクワッツの家は高い建物に囲まれていて、地平線と空の大部分が見えなかった。タジス・プラフでは学生寮の塔の六階に部屋があったにもかかわらず、はてしない宿題の山に集中していて、夕焼けの光景に注意を払うどころではなかった。

街が田舎と出会う場所にあり、どんな人も建築も視界をさえぎることのないこの家で、シオニーは夕日の魅力を発見した。

今晩はかたまりになった雲がいくつか太陽を囲み、消えつつある光のカンバスとなっていた。丘に沈んでいく黄金の冠にいちばん近い位置では明るいあんず色に燃え、外側へ行くにつれてオレンジがかったピンクと紫に変わり、やがて夕暮れの空の深まりゆく青にとけこんでいく。雲の群れは天上の生き物のようだった。青い広がりを横切り、太陽を追って世界の反対側へ泳いでいく空の魚たち。

ちょうど首の付け根あたりの肩に手がかかり、ガラスの向こうの絵画から現実に引き戻された。

「なんともいえずロマンチックだな」エメリーが言った。唇の端があがり、もう少しでえくぼができそうだ。窓からの光を受けてその瞳はやや黄緑がかった色合いになっている。食器を洗ったせいで指がひんやりとしていた。

「小説みたい」シオニーは同意し、一歩さがって相手の腕の中に入り、背をもたせかけた。「同じことを思ってたの。『ジェーン・エア』の一場面を再現できないかと期待してたんだけど」

「あいにくその本は知らない」

「すごくすてきよ」とシオニー。「悲しい雰囲気だけど、いい終わり方だし」

エメリーはこちらを向いて顎に手をふれてきた。「終わり方がいいなら」頬に親指を走らせ、少しのあいだシオニーをながめる。宝石のようなまなざしが口もとを、頬骨を、瞳をすべっていく。こんなふうに見られるのが大好きだった。なんというか……存在しているという気がする。

シオニーが爪先立ちになると、エメリーが残りの距離を縮め、唇を合わせてきた。抜群の記憶力にもかかわらず、二年近く前、列車の駅にいたあの日以来、エメリー・セインと何度キスしたか思い出せなかった。何度もしたはずなのに、その唇にふれるといまだに子どものような喜びがあふれ、血のめぐりが勢いを増すのを感じる。

激しすぎるほどに。

シオニーの指が相手の首筋と耳たぶへと上っていき、もみあげとその境に生えた一日分の無精髭をたどった。口を離して一息ついたとき、エメリーの香りが——ブラウンシュガーと文房具と木炭が——肺を満たした。そこで、淑女が夫以外の男性に対してすべきではないようなキスをした。

エメリーの舌先が下唇をなぞったが、長くは受け入れてくれなかった。わたしが淑女だということを忘れてくれればいいのに、とシオニーはときどき願った。いけない真似をさせようとどんなにがんばっても、紳士であることを忘れてくれないのはたしかだ。

背中が本棚にあたった。小指にエメリーの髪を一房からめ、さらに誘惑する。つかの間、ほんの一瞬は効果があったものの、そこでキスは落ちつきはじめた。いつも通りエメリーが自制しているのだ。こういうキスはそれ以上のことにつながる。邪魔するものといったら紙の犬しかいない家の中ではなおさらだ。しかしエメリーは――高潔なエメリーは――婚姻の絆を結ばないかぎりシオニーとそれ以上のことをしようとしないし、〝実習生〟の肩書がついているかぎり結婚してもくれない。自分で二度もそう言った。だからこそ、できるかぎり早く魔術師の資格試験を受けなくてはならないのだ。

体が離れると、ふたりのあいだの短い距離に吐息が広がった。

シオニーは目をあけた。「ええ、ちょうど小説の中みたい」とささやく。

エメリーはくっくっと笑うと、額にキスを落とした。「きみが読んでいる本ときたら……趣味を疑うね、ミス・トウィル」

シオニーは栗色のコートの襟もとを整えてやった。「わたしは好きなものを読むんです、ミスター・セイン」

「提案がある」エメリーは苦笑いして言い、一歩さがると、すでに赤みが増した夕焼けをちらりとふりかえった。「図書館相互貸借で借りた十八世紀の折り術の基礎についての論文を持っていてね。すばらしく無味乾燥で、すべての名詞が大文字で始まっている。きっと楽しめるだろう」

シオニーは眉をひそめた。「初期の折り術の技法を勉強させたいの？」

「やや初期というだけだ」エメリーは唇に得意げな笑いを浮かべて言った。「たとえよく知っていると思っても、基礎に立ち返って悪いことはない」

「本当によく知っているのに」

「そうかな？」

シオニーは間をおいた。「それはわたしの試験のヒント？」

エメリーはズボンのポケットに両手を突っ込んだ。「きみにヒントを与えることは許されていない、シオニー。合格をあやうくするようなことはしないよ」

最後の一文でその口調は少しまじめになった。西側の壁に接したテーブルに近づくと、シオニーの手首ほどの厚さのすりきれた本を片手で叩く。シオニーは肩を落とした。こんな分厚い本が魔術師の資格を得るのに役立つはずがない。

だが、エメリーにおとらず合格の機会を失う危険を冒したくはなかった。溜め息をつくと――必要以上に大きく――重い書物を両手でつかみ、小脇にかかえる。

テーブルの上の電信機がカタカタと動き出した。

エメリーが片方の眉をあげた。シオニーは動かずにじっと耳をすまし、頭の中でモールス符号を翻訳した。（興味深イ質問ダ。引キ受――）

「しっかり勉強しなさい」エメリーが背中に片手をあてがって言った。廊下のほうへ押される。

「でも、あれは――」

相手の瞳が輝いた。「秘密だよ」その台詞《せりふ》とともに図書室のドアを閉める。

シオニーは眉を寄せ、それから木材に耳を押しつけて電信機の音を聴き取ろうとした。二秒後、エメリーがドアを叩いた。一緒に過ごしているうちに盗み聞きの手口はすっかり知られているのだ。

シオニーは顔をしかめて寝室にひきさがり、論文の本をひらいて、分厚い表紙からふわふわと舞いあがった埃を払った。

〝第一章　三角折り〟

長い夜になりそうだ。

日が沈んだあと雲が厚みを増し、夜の星を隠した。ランプを消して眠りにつくころには雨が降り出していた。最初は小雨だったが、次第に本降りになった。風が強くなり、軒を吹き抜けて塀や柵から紙の幻影の術をひきちぎっていく音で、シオニーは目を覚ました。どんなに防水しても、こんな雨風から術を守ることはできない。

夜が冷え込むにつれ、雨は雹《ひょう》に変わった。無数の電信が届いたかのようにぴしぴしと屋根と窓にあたる。シオニーは頭に枕をかぶってまどろみに戻った……

消え失せた屋根から雨が寝室じゅうに降りそそぎ、家具を激しく叩いて壁から紙細工をひきはがした。部屋の中央に立ったシオニーは黒いスカートと白いボタンのシャツを身につけ、首に灰色のアスコットタイを締めていた――タジス・プラフ魔術師養成学院の制服だ。床の排水管を見おろしていたが、なにかがつまっている。雨水が足もとに溜まってきて、なんとか水を流そうと排水管の中を何度も靴で蹴りつけた。

つまりはどうしてもとれなかった。

ふりかえったが、部屋のドアが見つからない。家具も消えてしまい、周囲には木材と雨しか残っていなかった。雨粒が大きくなり、いまやキルティング用の長い針のように落ちてきている。皮膚を濡らすしぶきが制服から流れ落ち、どんどん深くなって脚のまわりで渦を巻いている水溜まりへと流れ込んだ。冷たい水が膝まで、腿《もも》まであがってくる。

心臓が動きを止めた。死にものぐるいで暗い水をかきわけて進み、上に立てるものを探したが、なにも見あたらなかった。机もベッドも梯子《はしご》も腰かけもない。どこにもドアがない。窓台さえ荒れ狂う嵐の中に消え失せてしまった。

「助けて！」と叫んだが、その声は叩きつける雨の音にかき消された。雨はますます激しく吹きつけ、ガラスのかけらのように体を刺した。水が腰を越え、臍《へそ》の上まで達する。

シオニーは泳げないのだ。浮かぼうと試み、エメリーが一度泳ぎを教えようとしたとき指示されたように骨盤を空へ押しあげようとしたが、沈んでいくだけだった。

頭が水の下に入る。シオニーは手足をばたばたさせ、上に戻ろうと床を蹴った。

水面から首を出したとき、誰かが叫ぶのが聞こえた。「シオニー！」

水をばしゃばしゃとはねかし、必死で肺に空気を残そうとしながら声のほうを向く。するとこ姿が目に入った。デリラだ。横向きに浮かんでいる本棚に腰かけて、こちらに手をさしのべている。反対側の手には、シオニーの二十歳の誕生日にくれた手鏡を持っていた。ケルトの結び目模様が手のひらに押しつけられている。

「泳いで！」デリラは声をあげた。

「泳げないの！」シオニーは叫んだ。水が口もとに打ち寄せ、げほげほと咳き込む。爪先で下を探ったが、床板はなくなっていた。水と雨以外はなにもかも消えてしまった。陸地の影すら見えない、はてしない大海原で溺れかけているのだ。

デリラがもっと手をのばしてきた。「急いで！」と呼ぶ。

シオニーは蹴ったり腕をばたばたさせたりしてデリラの指に手をのばした。一度、二度。三度目の試みでその手首をつかむ。

だが、デリラは眉をひそめた。褐色の瞳が白目をむき、その腕がばらばらに切れて水に血の雨を降らせるのを、シオニーはぞっとして凝視した。悲鳴をあげているうちに友人の体は壊れたマネキンのように分解し、そこにいたことを示す跡は、沈んでいく本棚の上の真っ赤な汚れだけになった——

シオニーは息をのんでベッドに起きあがった。枕が床に転がり落ちた。何度か目をしばたたき、乾いた部屋をまじまじと見つめて、窓をぱらぱらと叩く雨音に耳をかたむける。雹はやんでいた。

手の甲で額をぬぐって深く息を吸い、耳の奥を打つ鼓動に聴き入った。首筋が血で脈打っている。

血。

毛布をはねのけ、その下になにかが隠れていないかと探す。どんなものでも。室内を見渡したが、机の前の椅子で眠っているフェンネル以外はなにもいなかった。

もう一回、さらに一回深呼吸したが、まだ動悸がおさまらない。立ちあがると、くしゃくしゃの三つ編みに手を走らせながら部屋の反対側まで歩き、また戻ってきた。

何カ月もこんな悪夢は見ていなかった。耐えられない、あれほど……真に迫っているのは。

目に涙があふれそうになったので、天井を見あげて小刻みにまばたきし、懸命に押し戻そうとする。

意識を失って病院にいたため、デリラの葬儀には出られなかったが、工場の見学で会った念火師の実習生クレムソンが、雨が降っていたとあとで教えてくれた。

窓の外で稲妻がひらめき、続いて心臓の音に負けないほど大きく雷鳴がとどろいた。シオニーは乱れたベッドをながめ、それからフェンネルに視線を移した。

ごくりと唾をのみ、立ちあがる。目をみひらいて待った。

枕をとりあげて戸口へ歩いていき、細くあける。暗い廊下の先をのぞいた。いちばん遠いドアの下から蠟燭《ろうそく》の光がごくかすかに洩れていた。エメリーは魔術を使ったランプを買ったことがない。

シオニーは下唇をかんでそちらへ向かった。寝巻を整えると、ふるえる指先でなるべく静かにノックする。起こしたくはない、もしすでに――

「どうした？」ドア越しにエメリーの声がした。まだ起きているとしても、どのぐらい遅い時刻なのだろう？

そっとドアをひらく。エメリーはベッドに横になり、腰まで上掛けで覆って本を読んでいたが、手をのばして小卓の上に本を置いた。蠟燭はもう半インチしか燃え残っていなかった。ちょうど間に合ったらしい。

目が合うとエメリーは額に皺を寄せた。「大丈夫か、シオニー？」

子どもじみている気がして、シオニーは赤くなった。「あの……ごめんなさい。ただ……ここの床で寝てもいい？」

相手の表情は変わらなかった。上半身を起こす。「具合が悪いのか？」すぐに立てる恰好でそうたずねる。

「わたし、ただ……よく眠れなくて。また」と認める。「おとなしくするから。ただ……今日はひとりで寝たくないの。だめ？」

エメリーは唇をひきしめた。悪夢のことは知っているのだ。デリラが死んだあとはひどかった。デリラが……殺されたあとは。シオニーは三週間明かりをつけたままで寝た。

いまはまれになっているが、見るときにはすさまじい悪夢となって襲ってくる。

近寄るようにと手招きされ、シオニーは部屋に足を踏み入れた。「ごめんなさい、わたし――」

「シオニー」エメリーはやんわりと言った。「謝らなくていい」

上掛けをめくって体をずらし、もうひとり入れるように場所をあける。

シオニーはためらった――エメリーのベッドに寝たことはまだ一度もない――だが、誰かと一緒にいたくてたまらなかった。この人といたい。目に見えず、手でふれることもできない紙の鎖で引き寄せられる。それを止める術だけは知らなかった。

相手の枕の隣に持ってきた枕を立てかけ、マットレスに這いあがる。エメリーが親指で蠟燭の火を消すと、横向きに寝そべって片腕をシオニーの腰にまわし、胸もとに抱き寄せた。

なんと温かいのだろう。シオニーはその腕の中で緊張を解き、聞き慣れたエメリーの鼓動とおだやかな息遣いに耳をかたむけた。自分の呼吸を合わせる。

悪夢の光景が少しずつ心から薄れていき、やがてシオニーは安全な夢のない眠りへと落ちていった。

第三章

目が覚めたときには右肩が痛んで右耳がしびれており、顔の右側はまだ枕にうずまったままだった。ベッドの反対側にある覆いのない窓から陽射しがさんさんとふりそそぎ、シオニーはまばたきした。七時三十分ごろか、八時ぐらいかもしれない。ぎゅうづめの小卓と窓が自分のものではないと認識したのは、一瞬あとだった。毛布は間違いなくエメリーのだ。

体を起こすと耳に血流が戻ってきた。ベッドを見渡す。誰もいなくて、片側が整えてあった。シオニーは目をこすってもつれた三つ編みから紐を引き抜き、波打つ長い髪を指でとかした。

胸もとがほんのり上気している。色づくというよりほてっている感じだ。恥ずかしがるべきなのかもしれないが、それほどでもなかった……なにしろシオニーは床に寝させてくれと言ったのだから。だからといって、ベッドに招かれたことが気に入らなかったわけではない。もっと精神が落ちついた状態だったら、その機会に便乗していたかもしれない。

アヴィオスキー師の顔を思い浮かべてにやりとする。ゆうべの状況を万が一嗅《か》ぎつけたら、さぞかんかんになるだろう。

アヴィオスキー師はもちろんふたりの特別な関係を知っている。少なくとも、知っているという確信があった。恩師にはエメリーのことが好きだと告白したが、それ以上は伝えていない。それでも、シオニーとエメリーが一緒にいるところを見ると、アヴィオスキー師が眉間に皺を寄せて喉で独特の音をたてるところから、もっといろいろ推測しているのがわかる。運がよければほかの人には悟られていないだろう……ともかくいまのところは。

そのときドアがひらき、小さな木の盆を手にしたエメリーが後ろ向きに入ってきた。股をちょこちょこ走り抜けたフェンネルが吠え、ベッドの足もとを嗅ぎまわって尻尾をふる。マットレスが高すぎてとびのれないのだ。

すでに着替えたエメリーは盆をベッドに置いた。バターを塗ったトーストが二切れと七分ゆでた卵がひとつ載っている。

「まあ、エメリー、こんなことしなくてもよかったのに」シオニーは言った。

エメリーは肩をすくめた。「そうだろうな」と答える。そして盆をゆらさないように、ベッドの反対側の隅、マットレスの端に座った。「気分はよくなったか？」

「むむ」シオニーはトーストをほおばって言った。のみこんでからつけくわえる。「ありがとう」

相手はほほえんだだけだった。シオニーの側に上るのをあきらめたフェンネルがエメリーの足もとに駆け寄り、はいているズボンをひっぱりだす。

「エメリー」シオニーは朝食を中断して声をかけた。「きのうの電信はなんだったの？」

「ふむ？」エメリーはフェンネルをふりおとして問い返した。一瞬、紙の犬にもっと頑丈な歯をつけてやるところを想像する——プラスチックか、いや鋼鉄か。後者では重みで頭がさがってしまいそうだ。だいたい鋼鉄の歯を持つ犬などなんのために必要なのか。

「もうきみが知ってもいいだろうな」エメリーは言い、指で髪をかきあげた。「つまり、きみの魔術師資格を審査するのは私ではないということだ」

シオニーの手が朝食の盆の上で止まった。言葉を押し出す。「はい？」

「きみの試験を審査するのは私ではない」相手は繰り返した。

胸の中で船が前後にゆらいでいるような不安が襲ってきた。シオニーは盆を脇にどかしてベッドの前部に体をずらした。「だって……それは冗談なの？　実習の手引きでは、実習生の指導役が魔術師資格の試験をするってはっきり序文に書いてあるわ」

「その通りだ」と言ったエメリーの表情は少しやわらかくなっていたが、からかってはいなかった。ベッドから立ちあがって衣裳戸棚まで歩いていき、ハンガーから藍色のコートを外して羽織る。「もう数カ月そのことが気になっていた――きっときみも考えたと思うが」

ベッドの足のほうでまた言葉を切り、瞳に微笑をたたえてこちらを見る。だが、ごくかすかに口もとをしかめていた。「私たちの関係を疑っている相手がいれば、試験で贔屓《ひい》《き》をしたと思われるのではないかと心配しているんだよ」

自分が顔をしかめたのを隠そうとしながらシオニーはうなずいた。「わたしもそれは考えたわ、一、二回。でも、言われてないし――」

「ときとして、口に出して言う必要はないものだ」エメリーが言葉をさしはさんだ。

「きみのために別の取り決めをした。きみは実に才能ある折り師だ、シオニー。私とほぼ同じぐらい、と言ってもいいほどに」えらそうににやっとしながらつけたす。「現在も将来も、その能力に疑問を投げかけられることがあってはならない」

シオニーは少々落ち込むのを感じた――どうしようもなかった。エメリーが試験官でないとすれば、試験の過程でまたひとつ未知の事柄にぶつかることになる。こうなると今朝よりなにを予想すればいいかわからなくなってしまった。しかも、一回目で受からなければさらに六ヵ月待たなければならない。三回失敗すれば名簿から名前が抹消され、二度と挽回できなくなるのだ。それ以後は、どんな魔術でも試みれば牢屋に送られてしまう。

合格しなかったらどうすればいい？

シオニーは深く息を吸い込んだ。「わかった。このことではあなたを信じるわ。かわりにわたしの試験を引き受けるのは誰なのか訊いてもいい？」

「ああ、それだ」エメリーは言い、両手を打ち合わせた。「あの電信で承諾してもらった。きみは、シオニー・トウィル、プリットウィン・ベイリー先生の監督下で魔術師資格の試験を受ける。実のところ、伝統に従って、試験の数週間前から実習生としてベイリー先生宅に滞在することになる」

シオニーは口をあけ、一拍おいて問いかけた。「数週間？」

「二、三週間だ」

「ベイリー先生？」とたずね、髪を一房人差し指に巻きつける。聞き覚えのない名前だが――

記憶が刺激されて口をつぐむ。その名前のなにかが……

一瞬、グレンジャー学院の廊下に引き戻された。自分とエメリーの両方が通った中等学校だ。それはシオニーではなくエメリーの記憶だった——二年前、ライラといういまわしい切除師からエメリーの心臓を取り戻すため、心臓の内部を旅したときに目にした光景だ。ちなみにライラはエメリーの元妻でもあった。エメリーがほかの少年ふたりとひょろ長い折り師志望の少年をいじめていたことを思い出す。プリットという名の折り師を。

「プリット？」と訊く。「あなたが学校でいじめてた男の子？」

エメリーは後頭部をかいた。「〝いじめ〟とはあまりにも子どもっぽく聞こえるが……」

「でも、その人でしょう？」シオニーは追及した。「プリットウィン・ベイリー？　結局、折り師になったの？」

エメリーはうなずいた。「実はプラフを一緒に卒業した。だが、そうだ、同一人物だ」

シオニーはいくらか力を抜いた。「じゃあ、仲がいいのね？」

紙の魔術師は大声で笑った。「いや、まさか。プラフ以来、電信は別として話したことさえない。実を言えば私は毛嫌いされている」

目がとびだした。「それなのにその人のところへ送って試験を受けさせるの？」

エメリーは微笑した。「もちろん、あと数日後に。贔屓がないことを証明するのに、きみの将来をプリットウィン・ベイリーの手にゆだねるほどいい方法はないだろう？」

シオニーは長いこと相手を見つめた。「地獄へ落ちろってことね？」

「おいおい、その言葉遣いは」

手のひらを額に押しあてる。「思ってたよりずっと勉強しなくちゃいけないのね。もうだめ。わたし……わたし、着替えなくちゃ」

シオニーはベッドから起きあがると、まだ額に手をあてたまま急いで廊下へ出た。フェンネルがあとからついてくる。

「卵に手をつけていないぞ！」

だが、朝食よりはるかに重大な問題が控えているのだ。

シオニーはエメリーがよこした折り術の論文からさらに八章読んだ。ときおり体をつねって注意力と集中力を保ち、すでに知っている術に関する長ったらしく無味乾燥な段落をたどっていく。それでも飛ばし読みはせず、二重三角折りなど聞いたこともないと言わんばかりに図をよく調べた。少なくとも、論文についている挿絵の芸術的な描き方は目新しかった。

そのあと、命を吹き込む術の複雑なものを練習するため、一度も作ったことのない動物をとりあげた。七面鳥だ。数枚の絵を参照しつつ慎重に尾羽を折り、紙にひだを寄せて球形の体を作る。首には正方形の紙を三枚使い、もう一枚を頭にし、注意深く紙を切って嘴《くちばし》と肉垂を形成した。鳥を作って命を吹き込むのに一日の大半を費やした。翌日はもっと紙を使ってさらに大きな七面鳥を折り、きちんと動くように気をつけてそれぞれの紙片を組み合わせた。二日間取り組んでいたおかげで、何時間も膝をついていた床の線が皮膚に残ってしまうのではないかと不安になったほどだ。

エメリーは試験の重要性を理解していたので、ひとりで過ごすことに満足しているようだった。それでも、ときたまひょっこり顔を出して助言してくれたり、休憩をとるよう説得したり、そういえばなにか料理でもしたらどうだろう、と勧めてきたりした。さりげない頼みにはつい微笑してしまった。

だが、論文と命を吹き込む術のせいで、週末には精力がつきた。そこで衣裳をしまっておく小部屋にひっこみ、練り術、すなわちゴムを操る魔術を研究した。ゴムのボタンで足当てを作り、接着の術を使ってそれをフェンネルの足の裏にくっつける。もっとも、最初の二個は切り方を間違えて捨てざるを得なかった。こうすれば前ほど足がすりへらないし、ごく浅い水溜まりなら踏み込んでもべちゃべちゃに崩れないですむ。完成品をしばらく観察したあと、シオニーは満足してうなずいた。これならたんなる手作り品として通用するだろう——魔術師の注意を引くようなものではない。

魔術という魔術にすっかりあきあきして、その金曜の晩は早く寝たものの、真夜中過ぎに起こされた。ありがたいことに悪夢のせいではなかったが、ごくかすかなカタカタという音が壁越しに響いてきたのだ。ちょうど夢の合間から引き戻されるぐらいの大きさで、なじみのある音だった。

枕から頭をあげ、息をこらして本当に聞いたか確認する。物音は続いた。カタカタカタ、カタ、カタ。電信機だ。

フェンネルを起こさないように気をつけて、ベッドの上で起きあがった。今晩はマットレスの足もとにまるまって居眠りしていたのだ。目をこすって素足を床におろす。こんなに夜遅く誰が電信を送ってきたのだろう。空は晴れている。なぜかわりに紙の鳥を送らなかった？　プリットはエメリーのように通常の試験に反対しているのだろうか。今回の取り決めを中止するという連絡だろうか？　だとしてもこちらは気にしないが。

シオニーは寝室を出た。エメリーの部屋の戸口の隙間は暗かったので、図書室へそっと歩いていってドアをあけた。

電信機のあるテーブルの上から紙が着実にカタカタとおりてくる。暗い部屋に二歩踏み込む前に音は止まり、シオニーは不気味な静寂の中にひとり残された。

電灯のスイッチに手をのばしてひねる。図書室の天井からさがっている電球は小刻みに点滅してから徐々に消え、室内はふたたび影に覆われた。まばたきして紫の斑点を消し、スイッチを何度か前後に動かしたが、無駄だった。また停電だろうか。街の中心からずいぶん離れているので、エメリーの家の電気回路は途切れがちだった。

シオニーは大きくきしむ床板を習慣で避けながら部屋を横切った。机に手をのばしてランプをつけようとしても、やはり暗いままだ。そこで隣の蠟燭をともし、まるまった電文をとりあげた。短い内容はしばらくごちゃごちゃに見えた。単語をながめたものの、頭に入ってこない。もっとゆっくり、もう一度読んでみる。

ぷれんでぃガ処刑ノタメぽーつます護送中ニ脱走　念ノタメ知ラセル　あるふれっど

紙切れを押さえている指から感覚がなくなった。ちりちりとうずくはずなのに感じない。死んだようにだらりと力が抜けている。重たい。

アルフレッド。グラスとのつらい事件以来、ヒューズ師には会っていなかった。あの件でようやく刑事省との関係は終わった、そう自分では信じていたのだ。

電文の最初の言葉に視線が吸い寄せられる。プ、レ、ン、デ、ィ。サラージ・プレンディ、グラスの手下。自分の都合で二回シオニーを殺そうとした切除師。家族と愛する人の命をおびやかした男。

いまやその男が自由の身になったのだ。

第四章

電灯がぱっとつき、シオニーの視界に斑点を焼きつけて、手にしたプレンディの名前を一時的に消し去った。

蠟燭の炎がゆらいだ。ドアの蝶番《ちょうつがい》がきしむ。

「シオニー？」名前をあくびで途切れさせながら、エメリーがたずねた。「いったいなにを……電信か？」

シオニーは答えなかった。頭に家族の住む家がよぎり、続いて車と運転手をのみこみ、エメリーと自分の命をも奪いかけたあの川が浮かんだ。それから東のダートフォードが、紙工場の新しく建て直された壁が大きく映し出される。

エメリーの手が肩にふれた。シオニーは電文を渡して向きを変え、歩み去った。電信機から自室までの距離を意識せず通りすぎる。電灯をつけた。フェンネルがみじろぎした。シオニーは部屋を横切って机のところに行くと、正方形の白い紙を一枚と鉛筆をひっぱりだした。猛烈な勢いで乱れた字を書きつける。ちょうど二番目の文章を書きはじめたとき、エメリーの静かな声が問いかけた。「なにをしている？」

「家族に警告してるの」

「きみの家族がいまどこに住んでいるかあいつは知らない、シオニー」エメリーはやさしく続けた。森の地面を踏む鹿さながらに、ゆっくりと部屋に入ってくる。「それに、きみの家族の保護はアルフレッドが引き受けるはずだ。たぶんすでに手配しているだろう」

シオニーはかぶりをふった。

紙の魔術師の手がまた肩にかかり、指がそっと体を握りしめる。「本当にすまない」とささやく。

シオニーは机の上に鉛筆を叩きつけ、先端をへし折った。エメリーをふりかえり、目の隅が涙でひりひりするのを感じた。「どうしてまだ処刑してなかったの？」問いただすと、その質問が舌を焼いた。「二年もあったのに。あれだけの人を傷つけて……」

エメリーが顔の両側を手ではさみ、片目の下を親指でぬぐって涙を受けた。「グラスとライラを失ったからだ。サラージが地下組織の情報を得る唯一の手段だった」

「そんなこと関係ないわ！」

る。

「きみに異を唱えてはいない」エメリーは低い声で言った。額と額をぴったりと合わせた。

シオニーは目を伏せて身を引いたが、それから身を乗り出してエメリーの肩にもたれた。抱きしめられると、ぬくもりがいくらかなぐさめになった。「もしうちの家族がまだ狙われてたら……わたしたちが狙われてたら？」とささやく。

「遠くへは行けないだろう。そのことは内閣にまかせよう。対処してくれるはずだ」

「内閣に全部まかせてたら、いまごろふたりとも死んでたわ」

髪をなでられる。「それでも、サラージがなによりも優先するのは逃亡だ。これ以上きみを追う理由はないし、私を痛めつけたがっているとも思わない。海峡を越えられると期待して海岸へ向かうだろう。アルフレッドのほうも、こちらに連絡する余裕があったのなら、すでに部下にサラージのあとを追跡させているからだと考えていい」

シオニーは長々と息を吐き出し、エメリーの保証でせいいっぱい安心しようとした。いくらか落ちついて緊張が解けたものの、なおもかすかな不安で脈拍が乱れていた。サラージの行動が見た目や予想通りだったことは一度もない。まだシオニーの家族を視野に入れていたら？

グラスが父と母の名を口にしたときの声が脳裏によみがえった。シオニーはみぶるいした。

ともかくエメリーが今回の件にかかわることはない。サラージが逮捕されて以来、刑事省に協力したことはなかった。元妻と永久に関係が切れた以上、切除師に対処する理由はないし、内閣もそのことを受け入れたのだ。

もう少しだけ腕の中にとどまってから、シオニーは体を離した。エメリーが軽くくちづけてきた。

「そのほうがよければ朝もっと調べてみよう」と申し出る。「いまは休むのがいちばんだ」

「それに家に結界を――」

「家に結界は張ってある」エメリーはなんとかかすかな笑みを浮かべた。「きみは安全だ、シオニー。きみの家族も。約束する」

シオニーはうなずいた。エメリーは一瞬待ってから、額に唇を押しあて、なにも言わずに立ち去った。今晩も一緒にいていいはずだ。慎《つつし》みなど知ったことか。それでも頼むのはやめておくことにした。もちろんエメリーを信頼している。していないとは思ってほしくなかった。だが、サラージ・プレンディがどこへ行ってなにをするか、どうしてエメリーにわかるだろう?

フェンネルが頭をもたげてかさかさと吠えた。シオニーは溜め息をついて書きかけの手紙をとりあげると、手でまるめ、「裂けよ」と命じてごみ箱に投げ入れた。

明かりを消してベッドに上り、枕もとで寝るよう紙の犬を招く。そう、いまは眠るのがいちばんだ。

その晩はよく眠れなかった。

「ああもう！」次の日の午後、シオニーは天火から洩れてきた焦げくさい煙に声をあげた。布巾をぱたぱたふり、煙を払おうとむなしく試みる。咳き込みながら天火の扉をひらいた。どっと襲ってきた煙が目にしみたが、その向こうに手を突っ込んで、汁まで真っ黒に焦げた牛肉料理《ブリスケット》をひっぱりだす。ごほごほ咳をしながら、煙をあげる皿を天火の上に置くと、裏口のほうに逃げ出した。ドアを引きあけ、すがすがしい晩春の空気を味わう。煙の筋がふわふわと頭上を越え、戸外に散っていった。戸棚のあいだにはにおいが残っていた。

頭をすっきりさせ、神経を落ちつかせようと、ドアの枠にもたれて何度か深呼吸する。ブリスケットを焦がしたのは十一歳のとき以来だ。少なくとも、エメリーは留守にしていてこの大失敗を目撃しなかった。折り師専用に作られた紙製品の新たな生産ラインを視察するため、今朝ダートフォードに出かけたのだ。たぶん夕食がすむまで戻ってこないだろう。

シオニーはドア枠から体をすべらせて下にしゃがみこんだ。フェンネルが乾いた紙の舌で膝をなめたが、反応を得られないとみると、煙を追って外にぴょんととびだし、新しいゴムの足で芝生を歩きまわった。ゴムのおかげで足取りにはずみがつき、前よりちょっと速く、生身の犬に近い速度で走れるようになっている。

シオニーは鼻の軟骨と額がつながる部分をさすった。二階で文字の術――ペンか鉛筆で仕上げる紙の魔術――を復習しつつ、来週の食料品のリストを書いていたとき、だいなしになった食物の悪臭が漂ってきて、焦げたブリスケットが存在を主張したのだ。その朝は忙しく過ごすと決意し、ろくにトイレにも行かなかったおかげで、時間をつぶそうと夕食の何時間も前に料理したブリスケットのことを忘れていた。こうして煙たい空気の中でうずくまっていると、悩みがよみがえってくる。

エメリーは電文を持ち去ったが、そんなことは意味がない。角ばった文字はすでに脳裏に刻み込まれている。サラージが自由の身になってしまった。イングランドから逃げ出して関係を断ってくれると信じたいのはやまやまだが、あてにしてはいなかった。サラージの内部では、なにか決定的なものが壊れている。グラス・コバルトの死からさほどたたないうちにエメリーはそう告げた。切除師たちの話はしたがらなかったが、シオニーがしつこく求めたのだ。

口から吐息が洩れた。たしかに結界は張ってある。だが、それでもライラが玄関を蹴破ってエメリーの胸から心臓をむしりとることは止められなかった。紙は切除師よけとしてはあまり役に立たない。しかもライラが初心者同然だったのなら、サラージにはどんなおそろしい真似ができるだろう。

立ちあがってひとけのない家をじっくり観察する。こんな日にエメリーが街を離れるとは！　とにかく、家を隠している術を修復していったようではある。

シオニーは指を鳴らしてフェンネルを中に呼び、ドアに鍵をかけると、家の正面に行って玄関の錠も点検した。次に窓だ。暑いにもかかわらず、自分の部屋と図書室の窓に鍵をかけ、屋根の戸まで確実に閉めた。

勉強を再開しようと寝室に入ったとき、机の前の誰もいない椅子に目がとまった。あわてて台所に駆けつけたせいで斜めにかたむいている。恐怖が襲ってきた。口に猿轡《さるぐつわ》をされ、ロープで縛られてふるえているデリラの姿が椅子の上に浮かびあがる。

目を閉じて、どんどんひどくなる頭痛を食い止めようとこめかみをさすった。あんまりだ。デリラを傷つけるつもりなどなかったのに……少なくとも、グラスは友人と同じ地下六フィートに埋まっている。もっともシオニーとしては、グラスの墓はもっと深いほうがよかった。

　両腕をさげて手のひらをながめ、名も知らない切除師が病院で消してくれなかったら残っていたはずの傷痕を想像する。グラスが皮膚に食い込む痛み、グラスの胴体に破片を突き刺して「砕けよ」と叫んだときに両手にかかった圧力がよみがえった。

　殺したことに罪悪感をいだいてはいない。感じるべきなのかもしれないが、罪の意識はなかった。後悔しているのは、もっと早くアヴィオスキー師の家に到着しなかったことだけだ。グラスより前に着いていれば、デリラはまだ生きていたかもしれない。

「むしろきみも死んでいたかもしれない」そう告げたとき、エメリーは暗い口調で言った。

　シオニーは椅子に視線を戻したが、今度はデリラではなく弟のマーシャルが縛りつけられているところが見えた。マーシャル、ジーナ、マーゴ、両親。エメリー。そのうちの誰かだったかもしれない。そうなる可能性があるのだ。

　唇を引き結ぶ。被害者になるのはいやだ。本当にサラージが戻ってきたのなら、餌食《えじき》になどなるものか。この身も、大切な人々も。守るすべがあるのだから——自分だけができることが。

ドアをあけっぱなしにして階段を駆けおり、エメリーの書斎に入っていくと、なめらかなより糸を何本か持ち出した。台所の料理本をもう一度ひらいてリンの球をとりだすと、寝室に戻って、ひとりで家にいるにもかかわらずドアを閉める。

そして机の前に座って作業にかかった。

より糸を首に巻きつけて長さを測り、その位置で切ってから、ひとつひとつチャームを作りはじめる。いちばん簡単なもの——紙から始めた。手近な紙切れをひったくる——紙に命を吹き込む術の歴史についてシオニーが書いた論文だ。てっぺんを精錬師製の鋏で切り取り、分厚い星の光を折る。「一七四四年」という文字が折り紙の表面に出てきた。ペンチを使ってクリップの針金をまるくまげ、星の光の先端のひとつに通した。別の針金をマッチ一本に巻きつける。木もリンも含まれているので、二重の目的を果たすからだ——紙との結合を断つと同時に、火と結合するための炎を作れる。

それから、丈夫なハンカチの一枚から長方形を切り抜いた。小さな裁縫セットの中身とより糸を少し使って両端を縫い合わせる。机のいちばん下の引き出しの奥から、玻璃師の細かい砂を入れた瓶をひっぱりだすと、ちっぽけな袋に小さじ一杯の砂をそそいで脇によけておく。化粧用の手鏡——デリラにもらったもの——をとりあげ、その上でペンチの柄を握ったものの、そこでためらった。

数秒が経過した。手鏡を置いて、かわりに一階へ行き、戸棚からガラスのコップをひとつ選んだ。寝室に戻ると、ふちを割ってかけらを落とし、針金で巻く。次にリンに巻きつけ、確実に一瞬で引き抜けるようにしてあと三本マッチをつないだ。

椅子の背によりかかって首をまわすと、数えきれないほど何度も首筋がぽきぽき鳴った。指をまげたりのばしたりしたあと、もっと難しいチャームにとりかかった。

予備のゴムボタンに針金を突き刺し、腕輪から青銅のビーズを抜き取って、とけたプラスチックの小さな羽根により糸を通す。今年のはじめに可塑術を研究していたとき、街で買ったものだ。もっとも、フェンネルの骨格を作ったあと、プラスチックに基づく魔術はやめていた。物質魔術の中でいちばん歴史が浅いため、プラスチックを溶接する道具や型がいらない術はほとんど見つからなかったからだ。

ゴムの練り術とプラスチックの可塑術を最近になって研究しはじめたのは、たんに天然の原料の見本がほかの物質よりはるかに見つけにくかったからだ。山のような調査をして、まともに相手をしてくれない行商人たちと取引しなければならなかった。たいていのときは練り師でも可塑師でもないし、どちらかだと主張するわけにもいかない。だが、さんざんせっついたり調べたりした甲斐があって、結合に必要な物質の見本を手に入れていた。

　シオニーは三十分ほど家の中を探し、台所のアーモンドエキスが半分入った小瓶より小さな容器を見つけようとした。それから、ジーナがくれた香水の見本を思い出した。いちばん香りの弱いものを捨て、ちっぽけな瓶をすすぐと、机のいちばん下の引き出しの奥から油——ただし自動車のエンジンに流れている物質とは少々違う——を入れたこぶし大の容器を出した。注意深く香水瓶に数滴そそぎ、きっちり栓をして針金に巻きつける。

　もうひとつ引き出しにしまってあったのは液状のラテックスだったが、そちらはもともと目的に適《かな》うほど小さな瓶に入っていた。天然の原料の中でもいちばん見つけにくかったうえ、なぜ必要なのか説明するのも面倒だったしろものだ。それを針金に巻き、同じ引き出しから純銀のスプーンをとりだす。変色してはいるが、このスプーンが精錬師の結合を破る魔法の杖なのだ。

　スプーンの柄の先をペンチでつかみ、やわらかな金属が折れるまで前後にまげる。鐘のような形のかけらを針金にくくりつけ、その先にフックをつけた。

　シオニーは手作業の成果をより糸でつなぎ、でこぼこした首飾りを作って、それぞれの品物の位置を記憶した。より糸を結び、ガラスや折れた銀で体をひっかかないように気をつけながら首にかける。

背中が痛んだが、やりとげたという気分だった。これがあればなにがきても準備万端だ。サラージが血と肉を支配していても、こちらはそれ以外のすべてに力を及ぼせるのだから。

時計を確かめる。まだ時間があった。

首飾りをブラウスの下に隠してから、シオニーは小さな鞄《かばん》に荷物をつめ、自転車に乗った。街まで長い道のりを走らせる心構えはできている。

いまこそアヴィオスキー師を訪問するときだった。

第五章

シオニーはペダルを踏んでロンドンへ向かい、パーラメントスクエアを横切ってセントオールバンズのサーモンビストロを通りすぎた。グラス・コバルトにはじめて会い、デリラと最後に食事した場所だ。過去のことをくよくよ考えないようにつとめながらビッグベンをまわり、ゆっくり進む自動車にはさまれて一方通行のせまい道を渡ったが、まるで親友の妖精めいた笑い声が追いかけてくるような気がした。

自分で起こした風が陽射しの暑さを冷ましてくれることに感謝しつつ、自転車をグレンジロードに進めてランベスを抜ける。線路がロンドンのこの部分を通らないにもかかわらず、セントラルロンドン鉄道を出発する列車の低くやかましい汽笛が街じゅうにこだました。

シオニーは速度をゆるめてかどをまがり、古風な趣《おもむき》のある家々を通りすぎて、濃い灰緑色に塗ってあるかなり大きな家にたどりついた。といっても、正面の分厚い石積みのせいでその色はほぼ隠れている。小さな庭と短い錬鉄の柵に囲まれており、杭のてっぺんには日が沈むと明かりがともる魔法の玻璃師製電球が一本おきについていた。おそらく警備のためだろう。アヴィオスキー師は昔から、とりたてて景観を気にするほうではなかった。

自転車からおり、手櫛《てぐし》で髪をすいたあと、もう一度まとめあげてピンで留める。アヴィオスキー師はデリラの死後引っ越して、二年近く前にこの家に住むようになった。シオニーに話したことはなかったが、きっと同じように暗い記憶に悩まされているのだろう。

玄関に近づいてノックすると、つかの間、別の家のポーチにたたずんでいる気がした。ドアを叩いても応答がなかったのは、グラスがすでにふたりを屋根裏で縛りあげていたからだ……

頭をふってぎゅっと目をつぶり、脳裏からその記憶を払いのけようとする。

（もっと早く着いてたらまだ生きてたのに）頭蓋骨の奥にひそむ黒い穴から自分の声がささやきかけた。あまりにも耳になじんだ繰り返し。

シオニーはこめかみをさすった。（わたしはいつも遅すぎるのね）ずしりと体が重くなるのを感じる。数年前、親友アニスの家にあと三十分早く着いていれば、自殺を止められたのに。アヴィオスキー師の家にもっと前に到着していたら、グラスがデリラを殺すのを止められたのに。

「やめなさい」自分にささやきかける。ドアをコッコツ叩くと、指の節が木にあたる音が余分な思考を追い払った。アヴィオスキー師が家にいないかもしれないと気づいたのはそのときだ。仕事柄、当然留守がちだろう。眉をひそめる。シオニーが知るかぎり、もう実習生は置いていないはずだった。デリラに起きた事件のあとでは、その気になれなかったのだろう。

「ともかく運動にはなったわ」シオニーはひとりごちた。念のためもう一度ノックしてから呼び鈴を鳴らす。

ほっとしたことに、内側からそっと入口に近づいてくる足音が聞こえた。しばらく間をおいて、ドアがひらく。

「ミス・トゥウィル」アヴィオスキー師は言った。ドアの枠のところに立ち、少しも驚いていない口調だった。きっとなにかの術でシオニーを見張っていたに違いない。「今日お会いするとはまったく思っていませんでしたよ」

「電信か、鳥を送るべきでしたね」シオニーは答え、背中で両手を握りしめた。「ちょっとお時間をいただけるとありがたいんですけど。重要な……個人的な……件でお話しする必要があるんです」

アヴィオスキー師は例によって薄い唇をひきしめたが、ほんの一瞬だった。鼻に載せた眼鏡の位置を直す——新しい銀縁眼鏡で、それぞれのレンズの右上の隅にあるかすかな食刻のしるしから判断すると、魔法がかかっているようだ。補助的に玻璃術の勉強をしたときの記憶が正しければ、レンズ越しに見たものを顕微鏡近いレベルまで拡大する魔法のはずだった。「もちろんですよ」アヴィオスキー師は言い、脇によけた。「どうぞ」

シオニーは中に踏み込み、靴を脱いだ。アヴィオスキー師はドアを閉めて入ったところの居間を示した。

「試験のことが心配でここへきたのですか？」スカートをなでつけ、暖炉のそばの薄紫の椅子に座りながらたずねる。「二年で魔術師の資格をとることは要求されていませんよ、ミス・トウィル。それとも、セイン先生が審査しないということで悩んでいるのですか？」

シオニーは目をぱちくりさせ、栗色と紺色の大きな百合の模様がついたソファの端に腰をおろした。「ご存じだったんですか？」

「知ることが仕事ですからね」アヴィオスキー師は答え、わずかに鼻をそらした。肩から力を抜く。「ですが、本当のところ、タジス・プラフで監督していた生徒のことは見届ける義務があると感じているのですよ。少なくとも、きちんとその仕事に落ちつくまでは」

シオニーはうなずき、それからにっこりした。「感傷的な方だとは思っていませんでしたけど」

アヴィオスキー師は片眉をあげた。

「でも、違うんです」シオニーは続け、膝の上で手を組んだ。「試験のことでおうかがいしたわけじゃありません。そもそも勉強についての話じゃないんです。ここにお邪魔したのは、エメ——セイン先生がゆうべ電信を受け取ったからです」

ガラスの魔術師の肩がゆっくりとふたたびこわばった。「ヒューズ先生からですね」と言う。質問には聞こえなかったが、シオニーはとりあえずうなずいた。アヴィオスキー師もサラージについての連絡を受けたに違いない。

アヴィオスキー師は溜め息をついて椅子に深く座り直し、人差し指を眼鏡の鼻当てのすぐ上の額に押しあてた。「あの人には冷静に判断するということができないのですよ」と言う。「セイン先生に正式に刑事省に入ってもらえばいいものを」

「セイン先生はそういう仕事から引退したんです」シオニーは少々強すぎる口調で言っ

た。さいわいアヴィオスキー師は気づかなかったらしい。少なくとも反応はしなかった。

玻璃師は深く息を吸うと、手をおろして椅子に座ったまま身を乗り出し、膝に両肘をついた――これまで気軽なふるまいと縁がなかった女性にしては、実に打ち解けた姿勢だ。「わたくしは刑事省の一員ではありません」シオニーと視線を合わせて言う。「知っているのはほんのわずかですよ。すでにあなたが知っていることだけかもしれません」

あからさまな拒絶ではなかった。その違いがわかる程度の経験はある。アヴィオスキー師はグラスの事件以来、シオニーに対して前より物分かりがよかった。エメリーとの関係を調査するのをやめたのはそのせいかもしれない。

「わたしが知っていることは電文の一行におさまるぐらいです」シオニーは応じた。立ち聞きされている可能性もないのに声が低くなる。「お願いですからもっと教えてください。うちの家族が標的になったんです。あの男は――」唾をのみこむ。「あの男は死んでなければいけないのに」

「たしかにずいぶん時間をかけましたね」シオニーに対してというより自分に語りかけるように、アヴィオスキー師は皮肉を言った。「この件がすっかり片付いてからふりかえれば、あの男から情報を引き出す必要性はそれほどでもなかったのではと思いますよ。

「あの男に傷つけられる人たちのことを考えるのもいやです――」

声が途切れた。咳払いしてからしめくくる。

シオニーは唇をかんだ。一瞬、デリラの亡霊が居間の外で廊下に立ち、聞こえない冗談に笑い声をあげていた。だが、デリラは死んだ。あの笑い声は思い出の中にしか響かない。

まるで同じ思いがよぎったかのように、アヴィオスキー師の唇からふたたび吐息が洩れた。「処刑が予定されていたポーツマス監獄への護送中に逃亡したそうです」

「ハスラーから出て」

「ええ」アヴィオスキー師は同意した。椅子の上でみじろぎする。「ゴスポートの近くだったと思いますよ。街と街のあいだです。ヒューズ先生に詳細をたずねなかったので」

「でも、どうやって？」シオニーは訴えた。「切除師の収監方法は調べたんです。拘束衣と二十四時間の監視、独房への監禁。自分の舌や頬から血を出すのを防ぐために、口に猿轡までつけるんですよ！」

首筋が熱くなるのを感じた。

「教えてくれる必要はありませんよ、ミス・トウィル」玻璃師は言った。「よく心得ていますから。あの男は見張りを頭突きしてから、血が出るほど強く鼻息を吹いたそうですよ。魔術師自身の血を使う切除術はずっと弱くなると聞いていますが、それで充分でした。なんとか護送車の側面を壊してのけ、逃げ出したということです」

以前ライラがエメリーの玄関を壊すのに使った術を思い出す。「誰も追いかけなかったんですか？」

「知りません」アヴィオスキー師は顎をもたげ、ごくわずかに苛立ちを示して言った。「追跡はあったでしょうね。正気の人間なら、サラージ・プレンディを護送するのに大勢の見張りをつけないはずがありませんから。とりわけ魔術師の見張りをね。ですが、その件はわたくしの管轄ではありません。本当に知らないのですよ」

（でも、どこへ？）エメリーが考えたように、サラージはイングランドから逃げようとするだろうか。ポーツマスとハスラーは南の海岸沿いだったのでは？　国外脱出は簡単だ。その機会をつかまなければサラージは愚かだろう。

それでも、胃がむかむかした。

シオニーはその考えを口に出さず、首筋がちりちりするほど頭の奥深くに押し込んだ。いま知ったことに目立つ反応を示さないようつとめながら、咳払いしてたずねる。「サラージは紙工場を爆破する前になにをしたんですか？」

アヴィオスキー師は顎を軽く叩いてから、もう一度眼鏡を直した。またもや刑事省とは関係ないと言い訳するかわりに、かろうじて言う。「グラス・コバルトやライラ・ホップソンとともに、スコットランドの厄介な事件にかかわっていたと思いますよ。詳細はよく知りません。ですが、ミス・トウィル」椅子を前にずらして続ける。「あなたもご家族も安全だと信じるべきです。これ以上取り逃がした獲物に固執するというのは、サラージ・プレンディの犯罪歴に合致しません」

その言葉はほとんどなぐさめにならなかった。「先生は刑事省の一員ではないんでしょう」シオニーは言った。「どうしてそんなことわかるんです？」

玻璃師は眉をひそめた。「サラージ・プレンディの評判はとうてい英国警察の中だけにとどまっていませんから。それはあさはかな質問ですね」

シオニーは溜め息をついた。「先生のおっしゃる通りです、もちろん」

両手でスカートをねじったが、皺になる前にやめた。頭の中がぐちゃぐちゃだ。スカートをなでつけ、気持ちが落ちつくまでのあいだだけ目を閉じる。それから鞄に手を入れ、長方形をした灰色の紙をつかんだ。真ん中で半分に裂いて指示する。「模倣せよ」

アヴィオスキー師は片眉をあげた。

シオニーは紙の半分を渡した。「鏡同士のやりとりのようなものと思ってください」と説明する。実のところ、折り師のこの術より鏡の術のほうがずっと賢明だろう。だが、アヴィオスキー師はシオニーに結合の解除ができることを知らないし、そのことを打ち明ける心構えはできていない。秘密が大勢の人に広まってしまったら、誰でも知ることができるのだ——切除師を含めて。

シオニーは言葉を続けた。「その半分に書いたことは、全部わたしの持っているほうの紙に出てきます。どうか、もっと情報を聞いたらこれを使ってください。あるいは、どんな理由でもわたしに連絡をとる必要ができたら。電信より速くて、もっと……人目につかないですから」

ガラスの魔術師は半分の紙をちらりと見おろした。ほっとしたことに、うなずいて四つにたたみ、あつらえの上着の内側にすべりこませる。「いいでしょう」と言った。

「手もとに置いておきます」

肩から力が抜けたせいで、どんなに緊張していたかシオニーは気づいた。「力を貸してくださってありがとうございます。わたしはただ……不安をやわらげようとしてるだけなんです」

（ゴスポート）と考える。（ハスラーからポーツマス。あいつが逃げたことを確実に知

る必要があるわ。わたしたちを追ってこないことを。これ以上デリラやアニスみたいな人を出さないように確認しなくちゃ）

シオニーは鞄を持って席を立った。アヴィオスキー師も立ちあがった。

「お茶でもいかが？」とたずねる。唇をゆがめているのは心配しているからだろうか。

「車を待たせているのですか？」

「いえ、けっこうです。ちゃんと帰れますから」シオニーは答え、安心させるようにほほえんでみせた。「そろそろ帰らないと。試験の前にもっと勉強することがあるので」

アヴィオスキー師はその発言を喜んだようだった。「その通りですね。気をつけて、ミス・トウィル」

玻璃師は玄関まで送ってくれた。シオニーは自転車を支えて庭を横切り、目の隅でアヴィオスキー師の玄関を見張りながら歩道を進んだ。

次のかどをまがり、自転車に腰かける。パーラメントスクエアをめざして街の中心のほうへ入っていくと、ビッグベンが二時を告げる鐘が聞こえた。

今回は広場を横切ってエメリーの家に帰ろうとはしなかった。セントオールバンズのサーモンビストロの外に自転車を駐める。皮肉なことに、前の自転車はそこでなくしたのだ。

スカートをなでつけて髪を整え、国会議事堂に向かって歩き出す。目的を考えればそんなに人の多くない場所のほうがよかったが、質のいい鏡があってある程度安全を確保できるとわかっていたからだ。第一、もっとふさわしい場所を見つける時間はない。少なくともトイレのドアには鍵がかかる。

建物に近づいたとき、聞き覚えのある笑い声が耳にとまった。仕立て屋のファインシームズを通りすぎると、かどの向こうをのぞいて、広場から出ていくせまい道にあふれているさまざまな買い物客や歩行者の中を捜した。妹のジーナがファインシームズの煉瓦の壁によりかかっているのが見えた。下品なほど裾の短い服を着ている。ふたりの男が一緒にいた。ひとりは大人と呼べるかどうかという若さで、もうひとりはジーナの年ごろに見えた。片手に葉巻を持ち、煉瓦の壁に片肘をついている。

「ジーナ!」シオニーは通りを走って近づいた。ここで妹を見かけるとは意外だ——家族が引っ越したポプラーは、簡単に行き来できるほどパーラメントスクエアに近くない。ジーナがちらりと視線をよこした。偶然の出会いをうれしく思っているようではなく、シオニーは足をゆるめた。

ふたりの男にうなずきかけてからたずねる。「ここでなにをしてるの? 父さんと母さんは……ふたりも一緒なの?」(みんなでロンドンの中心を動きまわって、とある切除師に料理されるのを待ってるわけ?)

ジーナはあきれた顔をした。「あたしは十九よ、シオニー。付き添いなんかいらないわよ」

「いるとは言ってないわ。ただ不思議に思って――」

「あっちで〝不思議に思って〟くれる?」ジーナはたずね、道の先を示した。「いまちょっと忙しいの」

シオニーは年上の男のほうを見やった。「すみません、ちょっとだけ」と言う。相手は一歩さがることさえしなかった。シオニーはジーナに声をかけた。「どうしたっていうの? なんでこんな態度をとるわけ? 二カ月ぶりに会ったのに、いきなり害虫扱いなんて」

ジーナは唇で蠅をまねてぶんぶん音をたてた。ふたりの男がくっくっと笑う。

シオニーは不満をのみこんで肩をいからせた。ジーナのほうに身を乗り出す。「聞いて、家に帰ったほうがいいと思うわ。いま……厄介なことが起こってて、うちのみんなが心配なの。できたら――」

「シオニー!」ジーナがぴしゃりと言った。「耳が聞こえないの? よりによって姉さんにお行儀についてお説教される筋合いはないわよ」

その大声に、通行人が何人かちらりとこちらを見た。

「お行儀のことなんか言ってないわ！　身の安全の話をしてるの！」シオニーは切り返した。ジーナの近ごろの習慣――夜更かしや乱暴な友人とのつきあい――について母が口にしていたが、妹は本当にこんなに強情になってしまったのだろうか？

煉瓦の壁から離れて背筋をのばしたジーナは、シオニーより一インチ高くなった。「姉さんとセイン先生のことは知ってるんだから」と言った声は、いたたまれないほど大きかった。

シオニーは赤くなった。「わたしとセイン先生がなんだっていうの？」

「なにって、父さんと母さんが話してるのを聞いたのよ」という答えだった。「びっくりしたわ、シオニー、そんなの校長とやってるみたいなもんじゃない。しかもあの人、離婚してたんじゃなかった？」

肌が燃えるように熱くなり、シオニーはトマトのように真っ赤になった。〝いまなんて言った？〟〝あの女の子が？〟とつぶやく声が周囲にこだまする。時間の流れが遅くなり、それにともなって通行人も歩調をゆるめた。あきらかにもっと噂話を立ち聞きしたがっているのだ。

ジーナが腕組みをした。

耳の奥が激しく脈打った。吐き気がこみあげる。「わたし」とささやく。「そんなことしてないわ、ジーナ。誰とも」

耳に火がつき、頬が燃えて灰になりそうだと思ったが、最悪の瞬間にも終わりがあるように、その一瞬は過ぎ去った。

「なんとでも言って、姉さん」ジーナは無造作に手をふり、後ろをふりかえりもせずに歩み去った。葉巻を持った男がにやっと笑いかけてきて、失礼にも眉をうごめかしてからあとを追った。

シオニーはきびすを返して本道に戻ったが、一インチに縮んで真っ裸になった気分だった。こわばった脚を急いで動かす。ぞっとしたことに、ほかならぬミセス・ホロウェイが年上の連れに体を寄せ、まわりに聞こえるように言っているのが目についた。「私はその人を知ってましてね。魔術師のセイン先生ですよ。あの子はあんなに若くて、先生には奥さまがいらっしゃらないでしょう。ふたりきりで……なにをしでかすかわかったものじゃありませんとも」

(お願い、助けて)シオニーは鞄をぎゅっと体に引き寄せて祈った。(なにも悪いことなんかしてないのに)

歩き続けると、体を動かしたせいで顔のほてりがおさまり、外見からは屈辱を感じていることが見てとれなくなった。頭の中がぐるぐるまわる。たしかにここ数年妹とは疎遠になっていたが、シオニーが中等学校に入る前まではとても仲がよかったのだ。（いったいどうしたの、ジーナ？）

国会議事堂が前方に立ちはだかった。アヴィオスキー師との会話がぱっとよみがえり、必死でその記憶にしがみつく。サラージ。サラージに集中しなくては、ジーナではなく。エメリーでさえなく。

シオニーは建物の中に入っていった。

ふたりの守衛がこちらに目を向けてきたが、あやしげに見えないかぎり、ほぼ誰でも一階を移動することは許されている。シオニーぐらいの背丈の若い女性は、決してあやしげには見えないものだ。肌がそれなりに普通の色合いに戻ったいまの状態なら。

シオニーはまっすぐ前を見て歩き、すれちがった相手には誰にでも笑いかけて、最初に会釈してきた実業家にうなずきかえした。左手の女性用トイレにたどりつくと、そのまま歩き続けて中に入り、鍵をかける前にほかの人はいないかと耳をすます。

一瞬時間をとって心を落ちつけ、呼吸を整えた。（サラージ。サラージに集中して）

戸口からトイレまでの空間は化粧直しの場所になっており、壁紙を張った壁に大きな鏡があった。クッションつきの椅子の脇にある上品な鏡台の上部だ。この鏡のことはよく憶えていた。デリラはこれを使って、仮住まいしていたアパートにシオニーを往復させてくれたのだ。

シオニーは姿勢を正し、椅子を鏡台の前にひきずってきた。その上に乗って鏡に手をのばす。片手をブラウスの襟もとにすべりこませ、チャームの首飾りを引き出すと、木の飾りを指でつまみ、紙との結合を解く言葉をつぶやいた。

ガラスと再結合してから、友人がずっと前にした通り、鏡のふちにさわる。

そして探した。

意識を鏡に押し込み、未知の署名を探った。トイレからどんどん遠ざかり、国会議事堂やパーラメントスクエアの鏡を通り越し、ロンドンとクロイドン、ファーンバラの鏡も通りすぎて探索するにつれ、精神がどんどん長くひっぱられるのを感じた。紡《つむ》がれた意識が糸となってのびていく。消耗する作業だった——こんなに遠くまでこの術をためしたことはない。だが、うまくいくはずだ。ずっと小さな鏡だったが、寝室の中で前にもやってみたことがある。

(ほら) と考える。(これなら充分近いわ)

捜索の術を離さずに、手で鏡をなぞった。時計まわり、反時計まわり、ふたたび時計まわり。「転移し、通過せよ」とつぶやく。

鏡が銀色の液体となって波打ち、体をのみこもうと待ち構えた。
シオニーは息をつめて足を踏み入れた。

第六章

液体のガラスが氷水のように体を包み、湿り気を残すことなく服と皮膚にしみこんだ。サラージが岸辺から見守るなか、車が暗い川の水面に突っ込んだときの記憶が脳裏にひらめく。冷たい水がじわじわと体を沈めていく感覚がよみがえった。この感覚こそ、鏡の転移を頻繁にしない三つの理由のひとつだった。溺れたことを思い出すからだ。

二番目の理由は、見つかることへの恐れ。

三番目は、損傷した鏡の内側に閉じ込められる危険があること……

現実はまさにその通りになっていた。きれいな鏡に踏み込んだにもかかわらず、気がつくと灰色の物質に満ちた異質な空間にいた――尖《とが》った石筍《せきじゅん》と鍾乳石が足もとと頭上から突き出し、空中には濃灰色の宝玉がいくつも浮かび、銀色の網が雲のように浮かんだり霧のように漂ったりしている。

じりじりと進み、障害物や危険をひとつひとつ調べた。シオニーが発見した鏡は、ぞんざいに扱われ、汚れてひびが入っていた。そのせいで前方に危険な障害物だらけの領域が広がっているのだ。ずっと左のほうでは、地面が地震に遭ったかのように下降していた――割れ目があるということだ。

シオニーは唇をかんで片足を、続いてもう一方の足を前に出し、歩ける道を探った。見つからなければ戻ろう――ガラスの牢獄で命を失ってもいいほど、このささやかな調査が重要なわけではない。だが、やってみる価値はあった。

石筍をまたぎ、剃刀の刃でできているような網――すり傷を示す――をよけてぐるりとまわる。網はブラシから引き抜いたくしゃくしゃの髪のようにもつれて渦を巻き、腿の半ばまで達していた。頭をさげて別の網をくぐり、三つ目の網にスカートをひっかける。急いでひっぱったので被害は最小限ですんだ。

針金めいた雲を過ぎると床がわずかにへこんでいたが、その向こうに目的の鏡の表面がきらめいているのが見えた。かなり大きい。氷のようにつるつるしてくぼんだ床を慎重に歩き、とうとうそこにたどりつくと、また冷たい液体を浴びることを覚悟して身構えた。

外に出ていくと、そこは貯蔵室のようなところで、ありがたいことに無人だった。通り抜けてきた鏡は壁にかかっている。枠がなく、高さ六フィート、幅は四フィートぐらい、表面がしみやすり傷で汚れていた。もう一枚、もっと幅のせまい鏡が反対側の壁に立てかけられ、両側に巻いた布地をごちゃごちゃと重ねて支えてある。

何度かまばたきして室内の暗さに目を慣らした——一瞬、ひとりでいる自由をかみしめる。服を着せていないマネキンが二体あり、片方は破損していた。その奥にはサテンから綿からフランネルまで、適当にたたんだ布切れでいっぱいの古びた木の棚が置いてある。小さすぎて誰にも使えない端切れがつまった箱がひとつ、ドアへの道をふさいでいた。シオニーはその箱を脇にどかすと——あまり物音をたてないようにゆっくりと動かして——戸口を抜け、せまい廊下へと出た。

服屋だ。

廊下の先をのぞくと、ヤード単位で買えるように細い棚に立てかけてある巻いた生地や、既製のガウンやコートが飾られている正面の空間が見えた。大柄な中年女性が勘定台のまわりをよたよた歩いているが、ずっとこちらに背を向けたままだった。シオニーは忍び足で奥から出ると、相手がふりむかないうちに巻いた生地の棚にたどりついた。

女性は息をのんだ。「あらまあ！　驚いた」はしばみ色の瞳が戸口とドアにぶらさがった鈴を見やる。「入ってきたのが聞こえませんでしたよ」

「ああ、ごめんなさい」シオニーは軽い笑い声をたててみせた。「ここになにか……雑誌で見た水玉模様のものがないか見たくて。これが近いんだけど――」桃色の斑点が散った淡いオレンジ色の布を示す。「――でも、わたしが探してるのとはちょっと違うの」

「水玉模様？」女性は繰り返した。顎を軽く叩く。「特別な注文がしたかったら、カタログをお見せできますよ」

シオニーはハンドバッグの紐を指で握りしめた。「ええ、そうするかも。もう一カ所見たいところがあるんだけど、戻ってくると思うわ」

「あら。わかりました、それなら。お気をつけて」

シオニーはうなずいて戸口へ向かったが、鈴が鳴る前にたずねた。「列車からおりたばかりで――ここはポーツマスのどのあたりなの？」

女性は隣の勘定台に載った毛玉とりのブラシをもてあそんだ。「ポーツマスは八マイル南よ、お嬢さん。遠くはないわね。ここはウォータールーヴィルですよ。標識を見なかったの？」

「ありがとう」シオニーは答えた。外に出てハンドバッグの中のポンド札を数える。車を雇うべきか、もう一回鏡の移動を試みるべきか。

親指と人差し指で紙幣を数枚つまんだ。「車のほうが安全よ」とひとりごちる。それに、服屋の鏡に移動したせいで少し頭痛がした。

次に通りかかったタクシーを呼び止め、曖昧にゴスポートへと指示し――どこか中心部でおろしてもらえる？――後部座席に腰かけて無言のまま車に乗っていった。途中でポーチェスター城への看板を見かけ、遠くに巨大な城砦がぬっと現れるのを窓から目にした。エメリーはああいう場所を見学するのに興味を持つだろうか。訊いてみるべきだが、慎重にしなくては。どうしてそんなことを思いついたのか不思議がられては困る。（ただ知る必要があるだけよ）ハンドバッグの留め金をいじりながら考える。（あの男がイングランドを離れたか、それでけりがつくかどうか。違ってたら……誰かに話すわ。もっと調べて）

手のひらが汗ばんできた。

海がどんどん車に迫ってくる様子を見つめる。船の列が海面に市松模様を描いていた。船と船のあいだにはたいてい桟橋が二、三本はさまっている。ここに停泊している船の大半は小さかったが、沖のほうにもっと大きな船が数隻浮かんでいた。遠すぎて威圧感はない。

海軍の基地――ふたつの監獄にはさまれているのだから、この場所にあるのは納得がいく。だが、おかげで体がむずむずした。軍に囲まれていたら、遠くまでは行けないかもしれない。

運転手に内陸へ向かうようにと指示し、海軍基地からも海そのものからも充分に離れる。ようやく止まったときにはチップをはずんでやり、自動車が向きを変えてウォータールーヴィルへ出発するのを待ってから、思いきって歩き出した。

前方の道路を観察して――車が二台通るのがやっとの広さだ――サラージと護送隊が通ったのはこの道なのか、それともまるっきり痕跡を見逃してしまったのかといぶかる。本来ハスラーとポーツマスのあいだは船で護送する法律になっているに違いない。拘束していてもサラージが広い水域を渡ってしまうことを恐れていないかぎりは。

涼しい潮風が耳もとをかすめ、思いを海のほうへ誘った。二年前ライラとファウルネス島に立っていたことを思い出す。切除師は――実習生とたいして変わらない初心者だった――水に血をたらしてシオニーの背後から波をぶつけ、紙の術の大部分をだいなしにしたのだ。自由に使えるだけ血を手に入れたら、サラージ・プレンディはどこまで海を操れるだろう?

われに返って太陽を見やった。ぶらぶらしている時間はない。

道路を離れ、基地より町の近くを進みながら、「一七四四年」と書いてある紙で作った星の光をつまんで紙と再結合した。長い草や茨《いばら》にそれほど占領されていない小さな空き地を見つけ、膝をついて折りはじめる。エメリーには膝の上で折らないというばかげた習慣があるが、まさかここまで折り板を持ってくるわけにもいかない。もっとも、たしかに腿の上で折るほうが集中力を要求された。

紙の鳴き鳥を何羽か折る。実習の初期に覚えた簡単な術だ。作ったのは四羽だった。白が二羽、黄色が一羽、赤が一羽。

「息吹け」と告げる。

そのひとことで魂を吹き込まれたかのように、紙の生き物は手の中で命を得た。飛び去ってしまわないよう体の下をつまむ。

「特定のものをいくつか探してるの」と、鳥たちの嘴に向かって言う。「このまわりを捜索して、できたら数マイル四方を。壊れた乗り物の残骸や横すべりした跡や、乱闘の形跡みたいなものに目を配って。歩幅の広い足跡とか。道路や土に残った血痕とか。細長い顔でやせたインド人の男にも」

言葉を切って考え込む。「あとは、海軍基地から離れた位置で、野外に鏡かガラスの表面がないか探してちょうだい」運よく周辺一帯を映している鏡が見つかれば、過去を探ってこの目でサラージを見られるかもしれない。「どれでもいいから、そういうものを見かけたら戻ってきて」

鳥たちが尖った翼をはためかせたので、次の風に乗せて空中に放してやった。白い術の一方と赤い術は一緒に町のほうへ飛んでいった。ほかの二羽は二手に分かれ、一羽は海岸に向かい、もう一羽はシオニーがきた道路を逆戻りした。

通りかかった人が見かけても郵便鳥だと思うだろう。もしサラージに見つかったら、その場合鳥のほうも向こうを見つけることを期待しよう。諸刃の剣でも、武器がないよりはましだ。

その一方でシオニーは歩き続けた。

時間の経過を確認しつつ、しばらく道路にとどまる。ひょっとしたらエメリーはダートフォードに遅くまでいて、時間を気にする必要はないかもしれないが、たぶんそうはならないだろう。どんな目的だろうと、紙の魔術師は仕事関係の旅行があまり好きではないのだ。

エメリーのことを考えたせいで、パーラメントスクエアでのいやな場面を思い出してしまった。（父さんと母さんが話してるのを聞いたって）歩きながら首をひねる。両親はなにを話し合っていたのだろう。しかもジーナが立ち聞きできるほど大きな声で？まあ、ジーナのこそこそ嗅ぎまわる能力はシオニーに匹敵する。妹には腹が立っていた……もちろん頭にきているが、いちばん心配なのは家族の安全だ。サラージは全員の外見を知っているのだろうか？　だが、サラージが国外に脱出していないとしても、徒歩ではまだロンドンまで行っているはずがない。それに、なぜあんなに人が多い場所へ行くはずがある？　首都へ向かう特別な目的がないかぎりは……だが、シオニーを捜す以外にそんな目的は想像がつかなかった。

（いくらサラージでも危険すぎるでしょう？）と考える。（きっと逃げたはずよ。逃げてないことを証明しようなんてやめておくべきなのに）

　エメリーとアヴィオスキー師、シオニーが無条件で信頼しているふたりが両方とも、家族は無事だろうと請け合ったのだから、刑事省にまかせたほうがいいのかもしれない。

　それでも、デリラのことをもっと心配していれば、事態は変わっていたかもしれないのだ。確実に知る必要がある。

　まもなくシオニーは思いきって道路を外れた。海軍基地と町のあいだの未墾地を端から端まで見渡し、鳥たちに見つけるよう指示したものを探す。一時間ほど行くと、草がひしゃげた部分に出くわした。ガラスと結合したあと、ゴムのふちのついたガラスをハンドバッグからとりだし、「拡大せよ」と命じる。せいぜい写真立て程度の大きさのガラスはたちまち虫眼鏡になり、足もとの踏みしだかれた草を拡大した。なにも異常は見つからない。

（びっくりしたわ、シオニー、そんなの校長とやってるみたいなもんじゃない）妹の声が頭の中に侵入してきた。（あの人、離婚してたんじゃなかった？）

あんなに大声を出すとは。しかもあれほど下品な言い方で！

シオニーはその考えを払いのけた。「サラージに集中して」自分を叱る。「あっちのほうが重大な問題なんだから」

さらに一時間後、足がくたびれてきたころ、白い鳥の一羽が疲れた翼を羽ばたかせて戻ってきた。シオニーは紙と再結合して、おりてくるよう手招きした。

「なにを見つけたの、おちびちゃん？」とたずね、陽射しにほてった肩に悪寒が走るのを感じた。紙の鳴き鳥は手の上で三回はねてから、西をめざして地面の近くを飛んでいった。シオニーは長いスカートを手でつかみ、急いで追いかけた。

鳥はかなりの距離を飛び続け、道路から離れていった。町の境からそう遠くない、下水管が一本地面にむきだしになっているあたりで、雑草に覆われた土の道に降り立つ。そのころにはシオニーの顔は紅潮し、髪の生え際と下着が汗で濡れていた。すぐに熱を冷ましてくれる扇子の術を知っていたが、昂奮していたので、顔を両手であおぐことで妥協した。

あたりを見まわす。乱闘があったかのように雑草や野草がところどころ踏み荒らされてちぎれている。なにか光るものが目を捉えた――しゃがみこんで、壊れた使用済みの弾丸を拾いあげる。なにか硬いものにあたったに違いない――護送車そのものでは？だが、轍《わだち》の跡は見あたらなかった。弾丸に標的指示の術が刻まれていることに気がつく。つまり少なくともひとりは精錬師が同行していたということだ。もちろん、この金属のかけらが海軍基地のものなら話は別だが。そうとは思えなかった。

さわやかな風のせいで翼がそりはじめた白い鳥は、地面から根が半ば出ている枯れかけた朝顔の細い蔓に止まっている。シオニーは膝をついて雑草と土を押しのけた。親指の爪ほどしかない茶色いガラスのかけらに、夏の陽射しがきらりと反射した。非番の海軍将校が残していったビール瓶の破片だろう。うっすらと積もった埃を拭き取ると、なめらかな側――瓶の内側に自分の影が映った。申し分ないとは言えないが、当座の必要を満たすには充分だ。

「いい子ね」シオニーはあえぎながら言い、手の甲で額をぬぐった。「停止せよ」

誇らしげな鳥は動かなくなり、地面に転がり落ちた。

シオニーは茶色いガラスを手のひらに乗せた。鏡以外のもので鏡を基盤にした術をためしてみたことは一度もない……だが、玻璃師の術は玻璃師製ガラス以外の物質にもかかるから、やってみる価値はある。

チャームの首飾りを指でいじる。紙との結合を解き、またガラスの魔術師になった。色のついた自分の影を見つめて言う。「映し出せ、過去を」

映像が左に、続いて右によじれてから渦巻いた。破片から顔が消え、かわりに細い草の葉と、長くのびた雲がひとすじ浮かんだ空がちらりと映る。

シオニーは唇をひきしめ、いままでに読んだ玻璃師の本の記憶から、術を適切に操る方法を探った。「遡《さかのぼ》って映し出せ」と命じる。

雲の影がゆっくりと動いてガラスから消えていった。

「十倍の速さで」と言うと、茶色いガラスの映像は十倍の速さで巻き戻りはじめた。光が暗くなる。星がひとつ現れる。日の出。草が風になびく。

「十倍の速さで、十倍の速さで」シオニーが指示すると、破片の記憶はどんどん速度を増して時を遡っていった。この術は玻璃師の実習生が一年目に学ぶようなものなのに、自分が知っている折り術のほぼすべてをしのぐほど複雑に感じられた。イングランドでこれほど紙の魔術の人気がなくなった理由は、そんなところにもあるのかもしれない。

昼、夜、昼、夜。雨。シオニーの注視のもと、割れた瓶のかけらはすばやく記憶を巻き戻した。役に立つものは映りそうにない――

「とどめよ」人影を目にして指示したが、それは幼い少年ふたりの影で、聞き取れない会話が映像と並行してガラスの上に再生された。

記憶を巻き戻す動きに戻るようガラスに命令する。さらに二日前、さっきより大きな影が現れた。「とどめよ」シオニーはささやくような声で言った。

映像は通常の速度で再生した。はじめ鏡は影にとざされていた。それからなにかが動き、頭を覆う癖の強い巻き毛を太陽が照らし出した。頭がふりかえり、遠くで警笛と誰かの叫び声が聞こえる。警官たちだ。

一瞬あと、影になった男は映像から消えた。警官は一度も入ってこなかった。

「サラージ」シオニーはかすかに声を洩らし、ゆれる草と夏の空の光景に戻ったのぞきガラスをおろした。あの男に違いない。影になった姿は前にも見たことがあるし、朝食の内容と同様にやすやすとその記憶を呼び出せる。それにこの場所、聞こえた音……ほぼ確実だ。

手のひらの破片に視線を戻す。ひとつだけはっきりわかった——この表面をかすめた人影は北へ、町のほうへ向かっていた。南でも東でも西でもない。その三方向のいずれも最終的に海へ出る。逃亡の見込みがある海へ。

推測が正しければ、サラージはイングランドから逃げたのではなく、とどまっている。悪態を口から吐き出し、その棘《とげ》を味わった。胸郭が針でできたようにちくちくして、その中では心臓が激しくとどろいている。へりで皮膚が切れそうになるまでガラスの破片を握りしめた。

（わたしを追ってるわけじゃない、目的はわたしじゃないわ。なにか別のものだ。警察が南から追い立てたからあっちへ行ったのかもしれない……でなければ海軍基地を避けたかっただけか。それに北へ向かったからって、北へ進み続けるって決まったわけじゃないわ）

なぜその理屈では気が休まらないのだろう？　だが、その質問への答えは明白だった。サラージ・プレンディがどこにいるかも、なにをたくらんでいるかも知らないからだ。あの男はシオニーを――そして刑事省の面々を――またもや五里霧中の状態に置いたのだ。

シオニーは立ちあがり、膝から土を払い落として破片をハンドバッグにすべりこませた。

黄色い鳴き鳥が頭上を舞った。

首飾りをつまんで呪文を唱え、紙の魔術師に戻ったシオニーは、鳥を下へ呼び寄せた。鳥はそよ風にふらついてあやうく手に止まりそこねるところだった。皺くちゃの体には疲労感が漂っている。シオニーはまがった翼をなでつけた。

この鳥は遠くまで行ってきたようだ。

「なにを見つけたの？」術に口がきけたらと願いながらたずねる。この鳥にそこまで戻る力が残っているだろうか。恐れているほど距離があったら追っていけるだろうか？

唇を引き結んでううんとうなる。空を見渡したが、あとの二羽は見あたらなかった。シオニーは黄色い鳥を片手に持ってゴスポートへ向かい、何度か試みたあとでタクシーをつかまえた。

運転手が車を寄せると、窓に近寄って、手のひらではねている紙の鳥を示す。「わたしは折り師よ」と言ったのは、それだけ告げておくと、あとの依頼がそんなにばかげて聞こえなくなるからだ。「この黄色い鳥のあとをできるだけ追いかけてもらいたいの。目的地に着いたら料金を払います」

男はこちらを見て、まず片方の眉を、続いてもう一方の眉をこすった。「どのぐらい……遠いんですかね？　そいつは道に沿って飛びますか？　折り術にはくわしくないもんで、お嬢さん」

「そんなに遠くないわ」実際には見当もつかなかったが、シオニーは請け合った。「道のことは……そうね、この子は黄色いでしょう。たぶん道を外れても追いかけるのは難しくないと思うの。あなたの腕前なら必ずなんとかなると信じてるわ、もちろん道路交通法が許すかぎりってことだけど」

運転手は深く息を吸い込み、一瞬頬をふくらませてから、葉巻の煙のように吐き出した。「魔術師ってのがチップをはずんでくれるといいが」小声で、しかしシオニーに聞こえるように言う。「ええと……そいつをボンネットの上に置いてくれますかね、お嬢さん。乗るのを手伝いましょうか？」

「自分でドアをあけられるわ」シオニーは言ってその通りにし、運転手の真後ろの座席に腰かけた。「なにを見つけたか教えてちょうだい！」と鳥に呼びかける。

鳴き鳥は皺くちゃの翼を羽ばたかせ、車の数フィート先へ飛び立った。運転手はゆっくりと追いかけたが、鳥が最初に禁止された方向へまがってからは速度をあげた。女性に聞かせるべきではない乱暴な言葉らしきことをぶつぶつ言ったものの、シオニーは聞こえないふりをした。西のほうへゴスポートをくねくねと通り抜け、次に北へ向かう。ときどき、止まっている乗り物や通りを渡ろうと考えていそうな歩行者に警笛を鳴らした。目標を見失ったのは草の茂った土手の後ろに飛び込んだときだけだ。だが、鳥は次の瞬間また姿を現した。

シオニーはそのあいだに手早く新しい鳥を折り、ほかのとは違った形にした。折り師以外の者が使えるように術を仕掛けられる折り方があるのだ。これがなければ紙の魔術師が金を稼ぐのは大変だろう。いまそういうふうに折ったのは、折り師が鳥を飛ばしたことを隠すためだった。郵便鳥はありふれた存在だ。この鳥もほかの鳥にとけこみ、買った封筒や切手のように目立たないはずだった。

筆跡をごまかして鳥の体に文字を書きつける。「サラージは逃亡後北へ向かいました。どうか追ってください。私と連絡をとろうとはしないで。名前は伏せておきたいのです」

命を吹き込み、魔術師内閣の本部の建物の住所をささやきかける。そのあと車の窓から飛ばしてやると、鳥はやがて見えなくなった。

車は三十分あまり道から道へと進んでいった。通りはおおむね住宅街になり、まがりかどにはひとつおきぐらいに小さな店が建っていた。

黄色い鳥がシオニーのガラスのない窓のほうへ戻ってきて、手の中におさまった。なるほど、ここらしい。

「停止せよ」鳥に命じる。運転手にはこう言った。「この道をゆっくり行ってちょうだい。まわりを見る必要があるの」

運転手は不平も言わずに頼まれた通りにした。シオニーは座席に背中を押しつけ、外から直接見られないようにした。のろのろと通りすぎていく車から家々や建物の列を観察しながら、太陽の位置に気づく。エメリーより先に帰宅したかったら、もうすぐあの服屋に戻らなければならないだろう。

最初に注意を引かれたのは、目に映ったものではなく、音とにおいだった。美しい音楽——陽気といっていいほどなのに、どことなく不気味に響く。こんな音色を聴いたことは一度もない。旋律を奏でているのは笛の音と、ビーンと弦をはじくような……だが、なんの楽器なのかはよくわからなかった。

肉、たぶん子羊の肉と香辛料のにおいがする。マジョラムとカレーは嗅ぎ分けられたが、ほかの微妙な香りは思い出せなかった。

それから、低い家がかたまっている中に、鳥の目にとまったと思われるものが見えた。インド人の男だ。

サラージではない。それだけはたしかだった。オフホワイトのターバンを頭に巻き、ローブとは少し違うゆったりした服を着ている。もじゃもじゃの髭が顔の半分を隠していた。木の厚板を何枚か肩に担いでおり、前方にいるシオニーぐらいの年ごろのインド人女性に手をふった。女性はこちらをちらりと見たが、長くは視線をとどめなかった。

音楽が大きくなり、家の列を通りすぎていくにつれて小さくなった。あらゆる年齢のインド人がいる。ポーチで石ころ遊びをしている子どもたち、白髪まじりの長い三つ編みの老女たち。ほかの家より大きい家の中をのぞくと、浅い金属の皿が並んだ巨大なテーブルが見えた。イングランドの料理本ではお目にかかったことのない食べ物が満載されている。歩道の人々はヒンディー語と思われる言葉でお互いに呼びかけていた。

インド人地区、居留地――鳥が見つけたのはそれだ。ロンドンの東にもっとずっと広い中国人の居留地があるのは知っていた。紙の術に具体的な特徴を与えて探させたので、そういうものを見つけたわけだ。

だが、サラージはここにはいないのではないだろうか。イングランドに家族がいるとは思えない……少なくとも、かくまってくれるような家族はいないだろう。そんな手がかりは警察がすぐに調べたはずだし、第一この居留地はサラージが逃亡した場所に近すぎて、気が気でないに違いない。ともかく自分がその立場だったら不安になる。

（見つけてみせるわ、サラージ）唇が破れるほど強くかみしめて考える。（もしまだイングランドにいるなら止めてみせる。みんなのために）

その周辺を憶えておいたものの、役に立つ手がかりがありそうだとは思えなかった。まさか切除師を捜して知らない人たちの家にずかずか押しかけるわけにはいかない！

紙の鳥の背中を親指でこする。

「お嬢さん？」運転手が問いかけた。道のつきあたりにきたのだ。

「ああ。右にまがってちょうだい」シオニーは力を抜いて椅子にもたれながら言った。

「ありがとう、これで終わりよ。でも、ウォータールーヴィルにある服屋さんまで連れていっていただけたら、その分はちゃんとお支払いするわ」

たぶんホロウェイ家の仕事で入った金を使い切ることになるだろうが、小遣いがないことには慣れている。それにエメリーの家には必要なものが全部揃っているのだ。

エメリーの家。時間がどんどんたっていく。

「制限速度ぎりぎりでお願い」とつけたした。運転手が肩越しにこちらをのぞいた。シオニーは小さくほほえんでみせた。

服屋に到着したのは閉まる直前で、シオニーは特別注文をしたものの、店員がカタログで品番号を調べているあいだに奥の部屋へ忍び込んだ。鏡の迷路を通り抜けて国会議事堂に転移すると、なんとトイレのドアの鍵が外されていた——誰かが錠前屋を呼んだらしい。自転車がなければ、トイレの鏡からエメリーの家へそのまま転移できたのに。

外の自転車のところへ急ぎ、動きたがらない脚でペダルを踏みながら家まで戻った。玄関の鍵があいている。中に入り、エメリーの名前を呼んで帰宅しているか確認しようとしたが、廊下に足を踏み入れたとき、声が喉につっかえてしまった。

胸もとできつく腕を組んだエメリーがそこに立っていた。緑の瞳に燃えあがる炎は、シオニーに向けられているに違いなかった。

第七章

　シオニーはあわてて内心で外見を点検した。自転車に乗ったせいで髪が少し吹き乱され、頬が紅潮しているが、薔薇色なのはいつものことだ。ブラウスも服も靴もまあまあ清潔だった。ハンドバッグを持っているのはめずらしくないから、疑いを招きはしないだろう。

　指の爪をちらりと見る。そうひどくはない。

「エメリー！」たった一拍遅れただけで声をあげる。にっこり笑いかけてみせた。「こんなに早く帰ってくるとは思わなかったわ」

「きみこそこんなに遅くなるとは思わなかった」相手は反撃し、輝きを失うことなく目をきゅっと細めた。「パトリスの家から景色のいい道でも通ってきたのか？」

　首筋がじわじわと赤くなった。「たしかに今日は先生のところへ行ったけど」と認め、肩にかけたハンドバッグの紐を調整する。そのついでに襟もとに親指を押しつけ、新しいチャームの首飾りが確実に隠れるよう念を入れた。「どうして知ってるの？　偶然会った？」唾をのみこむ。「先生が……電信を打ったの？」

エメリーは低く笑ったが、楽しそうな笑い方ではなかった。「いや、まさか。とあるおせっかいな実習生がそばにいて伝言をかすめとるかもしれないのに、なぜ電信を使う？　パトリスはトイレの鏡を通じて私に連絡をとった。きみがサラージ・プレンディについて訊いてからおよそ六時間後のことだったと思うが」

這いあがってきた赤みが蒼ざめ、冷たさが背骨に沈み込んでいった。（アヴィオスキー先生ったら！　命がかかってても秘密を守れないんだから！）

とはいえ、当然アヴィオスキー師はエメリーに話すだろう。シオニーはただの実習生だ。厳密にはセイン師が後見人なのだから。

「買い物に行ったの」唇からすべりでた下手な嘘にひるんだ。袋も領収書も持っていない。買い物に行ったと証明する手段はないし、六時間も見て歩くだけなどということに耐えられない性格をエメリーはよく知っている。

溜め息をのみこんで背筋をのばしたが、五フィート三インチの身長ではとうていエメリーにかなわなかった。「なにも悪いことはしてないわ」と言い、廊下を進んでいく。脇を通り抜けようとしたが、肘をつかまれた。

「ではなにをしていたのか、ぜひ教えてくれたまえ」

シオニーは自分の胸からも炎がほとばしるのを感じた。「別に切除師に手を出してたわけじゃないわ、もしそういう心配をしてるんだったらね」ぴしゃりと言い、腕をふりはらう。

ライラ――エメリーの元妻――に言及したのはきつすぎる一撃だったが、相手の顔を目にする前にどすどすと台所へ踏み込んだ。食堂のテーブルのそばに寝そべっていたフェンネルがとびあがったが、無視して階段を駆けあがり、寝室へ逃げ込む。床にハンドバッグを落とし――ベッドの下に蹴り込み――頭から髪留めをむしりとった。不揃いなオレンジ色の巻き毛が肩にこぼれおちる。髪をふって広げてから、両手を腰にあて、深く息を吸った。もう一回。

紙の魔術師が戸口に近づく足音さえ聞こえなかった。声だけだ。「シオニー」

「ゴスポートに行ったの」ふりむかずに言う。

「六時間でゴスポートまで往復したのか？」

「紙飛行機を持ってるのはあなただけじゃないもの」

証明してみろと要求されないことを願いつつ、嘘をついた。「アヴィオスキー先生はろくに情報を持ってなかったから、ゴスポートへ様子を見に行ったの。たいしたことはわからなかったけど、やってみるだけやってみようと思ったのよ。敵に先手を打たれるのはもううんざりだもの」

エメリーがもたれかかったので、ドアの枠がきしんだ。「きみはこんな真似をやめたと思っていたが——こっそり抜け出して自分でなんとかしようとするのを。このことについては話し合ったと思っていた。何度もだ」

シオニーはふりかえった。エメリーの瞳から火は消えていたが、表情に笑みはなかった。「そのことについてあなたが一方的に話したかもね」溜め息をつく。「わたしだってもう、銃を持って鏡から鏡へ切除師を追いかけていったりしないわ」半分は嘘だ。

「サラージはゴスポートの近くにいなかったし」嘘ならいいのだが。

「だが、いたかもしれない」

「わたしの衣裳戸棚にいるかもしれないわ」シオニーは皮肉った。「蔦の中に隠れてるとか」窓を示す。「でなかったら肉屋とお茶でも飲んで、わたしたちの誰かが豚肉を一ポンド買いにくるまで待ってるのかもね。サラージがわざわざこっちを追いかける理由はないって、自分で言ったじゃない」（それとも、あるの？）北。なぜ北へ向かったのだろう？

「それならきみがあいつを追いかける必要もない」エメリーは答えた。身を起こして髪に片手を走らせたので、波打つ毛がばらばらに顔のまわりに落ちてきた。「考えるとぞっとするよ、シオニー。ライラ、グラス……まるできみのポケットには危険な犯罪者の確認リストが入っていて、ひとりひとり直接対決するまで満足しないかのようだ」

怒りからというよりなぐさめを求めて、シオニーは腕を組んだ。「わたしはただ、家族が無事か知りたかっただけよ」

「無事なのか？」

ばかにした問いかけではなく、たんにシオニーがなにを見つけたか探りを入れているのだ。話そうかと考えたものの、魔術を不自然な方法で使っていることに着目してほしくなかった。いま告げるには、秘密にしていた時間が長すぎた。

「サラージはイングランドを出てないと思うの」声をやわらげて答える。「もし本当にここにいるなら、理由を知りたいのよ。海軍基地の近くで逃げ出したって知ってた？ いくらあの男だって、それだけ兵士がいる場所の近くで海を横切ったりしないでしょう。一般人にまぎれようとしてたらどうするの？ 人の命を奪いながら大がかりな脱出を計画してたり、もっとひどいことをたくらんでたりしたら？」

エメリーは鼻から長々と息をつき、部屋に踏み込んだ。シオニーの両肩にずっしりと手がかかった。「今日アルフレッドに伝言を送ったが、たいして情報は持っていなかった。また連絡をとって、逐次知らせてくれるよう頼もう」と申し出る。「それでいいか？」

いいのだろうか？　シオニーにはわからなかった。「ヒューズ先生が追跡にあなたを巻き込もうとしないなら」

「またはきみを」エメリーがつけたした。手から力が抜け、口調も軽くなった。「あの男を追いかけようとしないと約束してくれ」

シオニーは眉をひそめた。「あなたが約束するならね」

エメリーの唇と瞳にかすかな笑みが浮かぶ。「約束だ」

「約束よ」

そっと唇を重ねてくる。「なにか夕食になるものを探そう」と言う。「それから荷造りをしたまえ。明日の朝プリットウィン・ベイリー先生にきみを紹介することになっている」

翌朝シオニーは緊張して目を覚ましたが、支度には時間をかけた。服を着て髪を留めながら、落ちつこうと古い子守唄を口ずさむ。衣裳戸棚から薔薇色のワンピースを選ぶと――実習期間になかなかすてきな服を何着か手に入れたのだ――ジョントを呼んでボタンをはめてもらった。淡紅色のアスコットタイを締め、暖かい気候にもかかわらず、ワンピースについてきた濃い黄褐色の上着を羽織る。揃いの帽子はベッドに置いておき、朝食にゆで卵を食べた。それ以上は喉を通らなかった。

(今日が最終段階の始まり)と、ささやかな食事の殻を割りながら考える。(プリットじゃなくてベイリー先生――のところに二、三週間いれば、試験を受ける日がくる。魔術師になるんだわ)

エメリーがげんこつであくびを隠しながら台所に入ってきた。シオニーは卵の中身にスプーンをすべりこませた。(もうエメリーの実習生じゃなくなる。秘密もなくなるし、噂もされなくなる。もう待たなくてよくなるのよ)ひそかににっこりして、卵を少しかじる。口の中で味が失せた。(失敗しないかぎりはね)

そのうちまた試験は受けられる。だが、失敗そのものより、落ちた屈辱のほうが打撃になるのではないかという気がした。

「嫉妬するべきかな?」戸棚からパンのかたまり半分をひっぱりだしながらエメリーが問いかけた――二日前に焼いたチーズと香草のパンだ。

シオニーは卵から目をあげた。「なあに?」

「その服を着るのはパトリスの昼食会以来だろう。ベイリー先生が感銘を受けるだろうな」

シオニーはあきれた顔をしてみせた。「いい印象を持ってほしいの」

エメリーはひとりでくっくっと笑い、パン二切れにバターを塗った。「まもなく車がくるはずだ。旅行鞄はつめたか？」

「そんなに追い出すのが楽しみ？」

「楽しみ？」とオウム返しに言い、お気に入りの藍色のコートの袖をまくりあげた。

「二日後には台所がからになって、自分で自分の食料品を買わざるを得なくなるというのにか。どうしてそんなことを楽しみにできる？」

シオニーは微笑してもうひとさじ卵をすくった。「ジョントに食事を作らせればいいじゃない」

実のところ、エメリーは一度ジョントに食事を作らせようとしたのだ。ジョントが天火の石炭に火をつけようと試みたあと、紙の骸骨の右手と右腕を作り直すには二日間かかった。

「サンドイッチの材料は買いだめしておかないとな」エメリーがつぶやいた。

「それで、なくて困るのは食べ物だけなのね？」

相手の瞳がきらりと光った。「真夜中の交流を恋しく思うかもしれないが」

シオニーは赤くなった。「エメリー・セイン！」（あれは一度だけよ）

憎らしいことに、エメリーは含み笑いしただけだった。朝食の殻をむきながらシオニーはたずねた。「ベイリー先生に最後に会ったのはいつ？」

「会った？」エメリーは食べる合間に繰り返した。「あの募金集めの晩餐会のときだったと思うが。とある短気な若いウェイトレスが客の膝にワインをぶちまけた晩餐会だ」にっこりする。「しかし、話したのは……プラフを卒業したときだろうな、電信や郵便鳥を数に入れなければ」

「じゃあ、本当にお互い好きじゃないのね」

「向こうが私を好きではないんだ」エメリーは訂正した。「責めることはできないな。とはいえ、あちらも特別すばらしい御仁というわけではないが」

「エメリー！」

紙の魔術師はなにかシオニーの知らないことを知っているかのように、輝く緑の瞳だけでほほえんだ。シオニーは吐息を洩らした。この目が恋しくなるだろう。だが、試験は今日から三週間後に予定されている。すでに待った時間の長さと比べれば、三週間などないも同然だ。

タクシーが到着した。運転手の隣の席には紫の紙の蝶が止まっていた。右の翅《はね》にエメリーの筆跡でこの家の住所が書いてある。エメリーは旅行鞄を自動車のトランクに積んでから、シオニーの隣に座った。車は向きを変え、ロンドンへ引き返した。

「肩の力を抜いて」数分道を走ったあとでエメリーがささやいた。親指と中指でスカートのひだをねじっていたシオニーの手に片手を乗せる。「きっとうまくいく」

「試験に合格すると思う？」シオニーは声を低く抑えたまま問い返した。「あなたが審査したらわたしを通す？」

「みな同じ試験だ。一定の規則がある」

「解答の鍵はみんな同じなのかもしれないけど」シオニーは言いはじめた。「だからって全部同じ試験になるわけじゃないわ」

エメリーはふむ、と同意した。それ以上なにも言わず、両手でシオニーの手を握っただけだった。肌のぬくもりがじわじわと腕を上っていく。

車はロンドンを通り抜け、ニューイントンの近くでちょっとした馬の渋滞に出くわした。テムズ川を渡っているあいだ、シオニーはひだに注意を集中していた。パーラメントスクエアを通りすぎて中心街を抜け、西へ向かってシェパーズブッシュをめざす。そこにベイリー師が住んでいるのだ。

シェパーズブッシュはおおむね田舎風の住宅地で、あいだに農地が点在していた。シオニーは家々が流れすぎていくのをながめた。一マイル進むごとに庭が広く、塀が大きくなっていく。まもなく周囲の住居はエメリーの家より大きくなり、アヴィオスキー師の家より大きくなり、さらに大きくなった。家のあいだの空間も広がり、通りがせまくなる。

エメリーに目をやったが、シオニーにおとらず興味津々の顔つきだった。もちろんベイリー師の自宅に行ったことはないのだろう。

さらに数マイル行くと、タクシーは中央に芝生が一列に生えている長い土の道のつきあたりにきた。自動車は広い円を描いてまわり、きちんと剪定してあるこんもりした茂みのそばに止まった。その茂みが生け垣の役割を果たし、ミルスクワッツ全体より広そうな敷地を囲んでいるのだ。よく手入れされた地面には花がなく、さまざまな形と大きさの装飾的な植え込みがあるだけだった。

シオニーはあんぐりと口をあけ、のろのろと車からおりた。建物自体はエメリーの家より十数倍大きく、日なたでは砂岩の色、日陰では栗色に見える煉瓦造りだった。きっちりと板で葺いた屋根から煙突が三本突き出し、どの窓にも白いふちどりのあるガラスが三枚はまっている。館の半ばは蔦に覆われていた。召使い部屋のようだが無人に見える左側のせまい区画もその中に含まれている。

この大邸宅の前では、ビッグベンに対する蟻さながらに小さくなったような気がした。アヴィオスキー師の家は広すぎると思ったものだが、シオニーの家族全員といとこたちまで合わせても、この屋敷の内部の空間をすべて使い切ることは不可能だろう。

だが、いちばん目立つ違いは紙がないことだった。エメリーの家は紙の結界や飾りで覆われている。庭にまで紙の植物が植わっていた。だが、この館には魔術のかけらさえない。高級そうではあっても、まったく普通に見えた。

エメリーを見やる。「ここでいいはずがないわ」

「いや、ここだという気がする」相手は述べ、車をまわってトランクから旅行鞄をひっぱりだした。「教科書産業はずいぶん儲かっているに違いないな」

「教科書？」

「最後に聞いた話では、それがプリットの専門だった。学生の読書水準に応じてひとりでに書き換わる魔法の教科書、ページから飛び出す図表、そういったものだ。アメリカで大人気らしい。プラフにはなかったのか？」

シオニーは眉を寄せた。「なかったけど、あったらすごくよかったんじゃない？　わたしに学費を提供してくれた人がそういう教科書を用意してくれてたら、あんなに折り術をいやがらなかったかもしれないわ」

エメリーはくっくっと笑った。

生け垣を見渡すと、左側に少し離れたところにアーチ形の門があった。そちらに二、三歩進んでから、ふりかえってたずねる。「あの……勝手に入るの？」

エメリーは口をひらいて答えようとしたが、そこで茂みの向こうに目をとめて答えた。

「誰かきてくれたようだ」

シオニーはその視線をたどって爪先立ちになった。大邸宅の正面扉から玉石を敷いた歩道が続いているのが見える。その道に沿って明るい金髪がはずんでいた――デリラを思わせる髪だ。少しあと、門のかんぬきが外れ、シオニーの年ごろの青年が中から出てきた。

二年たっていたが、誰なのかすぐにわかった。「ベネット・クーパー？」と問いかける。クラスで三番目の成績でタジス・プラフを一緒に卒業した相手だ。首席はシオニーだった。

ベネットは照れくさそうに笑った。陽射しと同じ色のまっすぐな髪に日の光がきらりと反射する。ありふれた黄褐色のスラックスをはき、赤い実習生用のベストの下に襟つきの簡素な白いシャツを着ている。自分も実習生用のエプロンをつけてくるべきだっただろうか、とシオニーはあやぶんだ。

「やあ、シオニー」相手は声をかけてきた。それから兵士のようにしゃちほこばってつけくわえた。「セイン先生、ようやくお目にかかれて光栄です」

ベネットは大股で何歩か進むと、数インチ背の高い紙の魔術師に手をさしだした。エメリーは瞳に愉快そうなきらめきを浮かべて実習生と握手した。ベネットは続けた。

「先生のことはあれこれたくさんお聞きしています」

「ほう、それでも握手してくれるのか？」エメリーはたずねた。「母上にいいしつけを受けたらしいな」

ベネットはまばたきして目をみひらいた。「はい？」

エメリーはベネットの肩をぽんと叩き、ゆったりと門に近づいた。「この数日、ベイリー先生はずいぶん私のことを話題にしたに違いない……ああ、本人がきたようだ」

ベネットはシオニーのほうに目を向け、シャツの肘を気にしてから門に駆け寄った。ひらいて押さえていると、まもなく背の高い男が現れた。

エメリーの中等学校での記憶から見分けがついたものの、プリットウィン・ベイリーはたしかにこの十五年で成長していた。細い体をぴんとのばして立ち、ベネット同様簡素な服装だったが、仕立てがよく生地も高級だった。昼の光を浴びたことがないのではと思うほど肌が青白く、黒い髪のせいで顔色がますます白っぽく見える。細長い顔には髭が一本もなく、鼻の上に華奢な金ぶち眼鏡を乗せていた。

だが、その外見でまず目についたのは、にこりともしていないことだった——それどころか友好的な気配はかけらもない。

「セイン」背中で両手を組んだまま口をひらく。つまり握手はしないらしい。「変わっていないようだ」

「たしかに努力している」エメリーは答える。唇がほほえもうとするかのようによじれた。ベイリー師の機嫌はさらに悪くなったようだった。

ベネットが咳払いした。「ベイリー先生、こちらがセイン先生の実習生のシオニー・トゥウィルです」

「誰なのかは知っている」ベイリー師は言い、その反応は無感動だったが、口調に悪意は感じられなかった。よかった——エメリーとの関係をのぞけば、こちらに反感を持つ理由はないのだ。ベイリー師は眼鏡の位置を直してシオニーを見おろした。「準備を整えてここにきたのならいいが。勉強不足だからといって試験を延期するつもりは毛頭ないのでね」

シオニーは唇がゆがむ前に渋い表情をかみ殺した。「大丈夫です、準備万端ですから」

エメリーが口を出した。「ミス・トウィルは今晩試験を受けても合格するだろう。それだけの能力があると確信している」

「ふむ」とベイリー師。「そう確信しているから僕のもとに置いていくと？」

「きみならきっと、私がうっかり忘れた事柄を教えてやれるだろう。このばかでかい家のどこかにあるなにかを。失礼ながら、音響学などはどうだ？」

ベイリー師は腐ったレモンでも食べたように顔をしかめた。ベネットがまた折った紬をいじりはじめる。

「音響学は楽しそうですね」シオニーは言い、旅行鞄を受け取ろうとエメリーをふりかえった。警告をこめてにらんだが、相手は見えないふりをした。

「ああ、ほら、ぼくがやるよ」ベネットが口をはさみ、前に走り出ると、シオニーが手をかける前に旅行鞄を受け取った。

「さて」もうひとりの折り師とのあいだに数秒間の沈黙が流れたあと、エメリーが言った。「そろそろ行ったほうがよさそうだ。きみは熟練した魔術師のもとにいる、ミス・トウィル。次に会ったときには折り師になっているかもしれないな」

その台詞にシオニーは動きを止め、エメリーと目を合わせた。驚いたことに気づいただろうか。（そんなに長くないといいけど）心を読んでほしいと願いながらそう考える。エメリーは謎めいた微笑をよこした。

「そうかもしれない」ベイリー師は同意した。もっとも、実際には少しも力を入れていないのに、〝かも〟を強調したように聞こえた。シオニーが想像しただけかもしれない。

エメリーに別れを告げ、抱きしめて顎の線にキスしたかったが、目撃者がふたり――自動車に座ったまま煙草を半分吸った車の運転手を含めれば三人――いる前では、もちろん無理な相談だ。

エメリーはもうひとりの紙の魔術師とベネットにうなずいてみせ、シオニーに言った。

「がんばってくれ。なにか必要なら連絡する方法は知っているだろう」

シオニーはうなずき、エメリーが帰ろうと背を向けたとき、目に見えないゴム紐がふたりのあいだにのびるのを感じた。

「お気をつけて、セイン先生！」ベネットが大声で呼びかけた。エメリーは礼儀正しく手をふってから車に乗り込んだ。運転手は燃えている煙草を窓の外に捨て、方向転換して道へ戻っていった。

シオニーは走り去る車に向かって眉を寄せた。急に三週間がひどく長い期間に思えてきた。

に入れた。

「ベネット、それを持ってきたまえ」ベイリー師が言った。ベネットは――旅行鞄を持ったまま――落ちた煙草のところへ走っていって踵《かかと》で踏み消すと、拾いあげてポケットに入れた。

ベイリー師はさっさと門をくぐって館のほうへ引き返した。シオニーはついていくべきかとためらったが、さいわいベネットがまた隣にきて、玉石の小道を示した。「こっちだよ、シオニー。そう呼んでもいいだろ？」

「わたしの名前だもの」と応じ、緊張を解く。「プラフでそう呼んでたでしょう。それにまだ魔術師になったわけじゃないし」

ベネットはにっこりした。「ぼくもだよ。言うまでもなくね」咳払いする。「ええと、これが家の正面だよ。あの上の窓、三階のかどにある、あれがきみの部屋だ。日よけをおろさないと、午後の早い時間には多少暑くなる」

シオニーはうなずき、邸宅の敷地をながめた。周囲の生け垣の内側が見えるようになると、いっそう広く感じられる。「どこもすごく……立派ね」

「そうだろ？」とベネット。「ものをなくさなければって話だけどね。この家でなにかを捜すのは厄介なんだ」

「あなたとベイリー先生しかいないの？」

相手はうなずいた。「週に三回小間使いがくるよ、それが数に入るなら」

「ペットは?」

「いや……ベイリー先生は動物が好きじゃないんだ」ベネットは答え、前方の師匠を見やった。早足ですでに正面玄関まで到達している。折り師はどちらの実習生も待たず、ひとりで中に入っていった。

「ちょっとよそよそしい感じね」シオニーは言った。

それと同時にベネットがたずねた。「セイン先生はペットを飼ってるのかい?」

「先生にはアレルギーがあるの、でもわたしは紙の犬を飼ってるけど」と答えて微笑する。「名前はフェンネルよ。実はこの鞄の中にたたんで入れてあるの」

「へえ、おもしろいな! でも、ビジーはいないみたいだね」ベネットはシオニーがタジス・プラフの寮で飼っていたジャックラッセルテリアに言及した。

「ビジーはね。いまはうちの家族のところに戻ってるわ」

「フェンネルはきっとかわいいだろうな。ただ——」言葉を切る。「——ベイリー先生に近づけないほうがいいよ。念のためにさ。いや、ベイリー先生はいろいろとすごい人だけど、安全を期したほうがいいだろ」

玄関にたどりつくと、ベネットがドアをあけてくれた。広い廊下がふたりを迎えた。

壁は白く塗ってあり、足もとの床板は濃い色に塗装されている。赤紫と紺の東洋の敷物が床の大部分を覆っていた。廊下のつきあたりには白い手すりのついた螺旋階段がのびている。廊下の左側は、片側だけ背もたれのついたソファとピアノをそなえた豪華な居間だった。部屋の中央にあるクリスタルガラスのテーブルの上に、五層になったクリスタルガラスのシャンデリアがさがっている。テーブルには使われていない茶碗を載せた盆が置いてあった。エメリーの家の正面にある居間とは正反対に見える――どの表面も散らかっていないか、花瓶やオルゴールといった品々がひとつかふたつだけ飾ってあるかだ。どこを見てもしみひとつないという印象だった。

廊下の右手はもっとせまい部屋になっていた。小さなテーブルに椅子が四脚、それに花崗岩の暖炉があったが、食堂らしくは見えない。間食用だろうか？　これだけ大きな家にどんな部屋があるのかよくわからなかった。住んでいるのがたったふたりならなおさらだ。

あまりまじまじと見ないように視線をひきはがす。「それじゃ、あなたは紙を選んだのね？」

ベネットはぎこちなく軽い笑い声をたてた。「そういうわけじゃないよ。アヴィオスキー先生に割り当てられたんだ。交渉の余地はろくになかった」

「わたしもよ」シオニーは同意した。そういう経験をしたのが自分ひとりではなかったと聞いて、ベネットはうれしそうだった。

（でも、こうなってよかったと思ってるの）とつけくわえたかったが、ベネットがその思考をさえぎった。「じゃあ、ここから家の案内を始めるよ。こっちへ行くと娯楽図書室と客用トイレがある。ベイリー先生の執務室もあるけど、そこには招かれないかぎり入らないで。ドアが閉まってたらノックもしちゃだめだ。仕事中に邪魔されるのが好きじゃないんだよ」

「どんな仕事をしてるの？」シオニーは問いかけ、さらに続けた。「ベイリー先生はど、こ？」本人が案内するべきではないのだろうか？

「うーん」ベネットは螺旋階段の両端から廊下をぐるっと見渡して言った。「執務室じゃないかな。きみがきたときあそこにいたから。試験の準備をしてるんだよ。なにか準備する資料があるんだ。どういうものか教えてもらうわけにはいかなかったけど」

シオニーはゆっくりとうなずいた。少なくともそれは筋が通っている。だが、これまでのところ、プリットウィン・ベイリーのひきこもりぶりと比べれば、エメリーが社交界の有名人に見えてくるほどだった。

「この先には――」ベネットは左手を示した。「――台所と普段使いの食堂と正式な食堂がある。テーブルの大きさと照明で違いがわかるよ。正式な食堂には色が変わるガラスが使ってあって、テーブルが長いんだ」

「まあ」シオニーは反応した。(色が変わるガラス?)それは知らない術だ。調べてやり方を覚えなければ。末の妹のマーゴは、寝室にそんな術があったら気絶するほど喜ぶだろう!

「一時間ぐらいでシェフがくるよ」ベネットはつけたした。「階段の向こうには——」

「シェフ?」シオニーはたずねた。

「その通り」ベネットは答えた。にっこりすると、空いている手で額から髪を払いのける。たしかにハンサムな男性だ。「平日は毎日ベイリー先生が呼んでるんだよ。週末には自分でなんとかするけどね」

「料理ならできるわ」ベネットが螺旋階段の足もとに移動したとき、シオニーは申し出た。「別に手間じゃないから。作るのが好きなの」

「本当かい?」ベネットはたずねた。シオニーの顔から足へ視線を落とし、また目をあげる。「今週末はどうかな? ベイリー先生はシェフがくるのをとりやめにはしないだろうし……だいたいきみは忙しいだろ。試験の準備とかあれやこれやで」

シオニーはうなずいた。

「階段の先には日光浴室があって、それを抜けると温室がある。もっともいまは少ししか生えてないけど。ベイリー先生はしばらくなにも育てようとしてないんだ。大変だからね。それからあそこに――」旅行鞄を持った手で家の裏の隅を指さす。「――貯蔵室と、使ってない召使い部屋への廊下がある」

シオニーは配置を記憶したが、最後の部分は自分で部屋を見ていないので難しかった。この館は大きすぎて、自分の抜群の記憶力でさえ憶えきれないのではないだろうか。

ベネットは二階と三階の案内を続け、音楽室、専門図書室（ばかでかい地図二枚と勉強の資料がすべて置いてあった）、客用寝室がいくつか、ベネットの部屋、応接間、トロフィー保管室、テラス、書斎を通りすぎていった。さらに奥に入り、別の応接間と二部屋の〝更衣室〟、魔術工芸用資材室、私用の居間、実習生用の書斎、それにさまざまな広さの洗面所を案内する。シオニーの寝室のすぐ外にも小さな洗面所があった。無駄に広すぎるこの大邸宅に目がまわっていなかったとしても、自分専用の洗面所という考えにはくらくらしてしまった。タジス・プラフでさえこんなに贅沢ではなかった。

ベネットがシオニーの部屋のドアをあけると、たしかに午後の陽射しで暖まりすぎていた。オフホワイトの長い絨毯《じゅうたん》が黒っぽいオークの床板の向きと直角に敷いてあり、足の下で床がぎしぎしきしんだ。部屋の中央には、西向きの窓二枚にはさまれて、壁の長さぎりぎりのかなり大きなベッドがあり、薔薇色の毛布がかかっていた。室内で朝食をとれるように、片隅には優美なガラステーブルと白い椅子が二脚配置されている。ドアのある壁際に大きな衣裳戸棚が、その向かい側には背の高い化粧台がすえてあった。館で見た寝室の中でもせまいほうだったが、エメリーの家で与えられた部屋の二倍半は楽にありそうだ。

エメリーの家。もう恋しくなっていた。

ベネットは旅行鞄を椅子のひとつにおろした。「しばらく落ちつく時間をあげるよ。夕食のとき下に呼ぶから。部屋でひとりで食べたければ別だけど」

「ううん、下に行くわ」広い場所でいくぶん途方にくれて、シオニーは言った。

「ここは気に入ったかい？　部屋は替えられるよ」ベネットは申し出た。「今朝埃は払っておいたし、シーツもきれいだけど。暑すぎるかな？　ああ、水差しとたらいを忘れてた」

シオニーは微笑した。「すてきな部屋ね。それに、すぐ隣が洗面所なのに水差しなんていらないわ」と言う。「ありがとう。ただ慣れないだけよ」

ベネットはうれしそうにうなずいた。「わかった。ぼくの部屋の窓はこのすぐ下だから、なにかで紙の使いをよこしたければ、どうぞ」

「完璧ね」シオニーは言った。

ベネットは一瞬躊躇してからうなずいて出ていった。シオニーは夕食まで服をつるしたり持ち物を整頓したりして過ごした。ベイリー師は夕食を執務室でとった。そのあとシオニーは化粧台の引き出しに勉強の材料を並べた。あしたは実習生の書斎にある机のひとつを使えるだろう。チャームの首飾りをブラウスの下にかけ、それからフェンネルにふたたび命を吹き込む。紙の犬は元気いっぱいに新しい環境を嗅いでまわった。

吐息を洩らしてベッドのマットレスにもたれかかり、そのやわらかさにびっくりした。ちょうど日が沈みはじめたところだったが、早めに寝て、明日すっきりと始めるのがいいかもしれない。実際、やることは山ほどあるのだ。

右端の窓からとんとんとかすかな音がして、注意を引かれる。カーテンを持ちあげると、青緑色の紙の蝶がガラスの外に浮かんでいた。ベネットからの伝言だろうか？めったに使われない窓は、何度か力をこめて押さないとあかなかった。窓がひらくと蝶はひらひらと舞い込み、ガラステーブルにふわりと止まった。

「停止せよ」と命じると翅が動かなくなる。蝶をひっくり返して広げてみると、体の内側に隠されていた筆跡はひとめでわかった。この術を送ってきたのはベネットではない。

エメリーだった。

第八章

シオニーは注意深く蝶の残りの部分をひらいた。手紙はペンで書かれていた――エメリーが寝室の小卓に置いているあかがね色のペンだ。言葉が頭に入りもしないうちから、非の打ちどころのないみごとな曲線のひとつひとつに微笑が浮かんだ。

これが小間使いではなくきみの部屋を見つけることを願っている。冷たいパンとジャムほど男に女性の価値を教えてくれるものはない。

シオニーは蝶を下に置き、鞄につめた紙を数枚とってくると――賢明な折り師は常に自分用の予備を持ち歩く――白い正方形の真ん中に返事をしたためた。

料理人を雇えば充分なんじゃないかしら。プリットは雇ってるしね！　アヴィオスキー先生に手紙を書いて、あの人じゃなくてあなたのところに送ってくれたお礼を言わなくちゃ。こんなに長く一緒にいるのに、どうしてベネットがあんなに唇をかみしめてがんばれるのかわからないわ。

手を止め、名前に気をつけるべきかどうか迷う。肩をすくめてその正方形で鶴を折ると、加重のために腹部にファージング硬貨をすべりこませる。夜風で針路がさまたげられるかもしれないからだ。それから、エメリーが送ってよこした蝶の一部で、鎖の術の輪を折った――鶴は小さいのでひとつだけだ。

「鎖錠せよ」と命じると、輪は鶴の翼を邪魔することなく胴のまわりで締まった。この術は、鎖に記された筆跡の持ち主だけが鶴を広げられるようにするものだ。ほかの誰かがあけようとすれば鶴は壊れてしまう。

鳥に指示を下してから、窓の外に送り出した。太陽の最後の光線を抜けて飛び去る姿を見送る。

フェンネルが足首に向かってくんくん鳴いた――今日はほとんどほうっておいたから、不満を洩らすのも無理はない。まあ、紙の術がロンドンを横切るのを待っているあいだ、相手をしてやればいくらか気晴らしになるだろう。

蠟燭をあと数本ともすと――この館は客用寝室の大部分に電灯がついていなかった――しばらく紙の犬のためにまるめた靴下をあちこちへほうってやった。それから洗面所に入って顔を洗い、寝巻に着替えた。部屋を出るつもりはなかったが、ローブを羽織る――未知の場所ではのぞきに注意しすぎることはない。

フェンネルがふうふう息を吹きかけてきた。犬の魔法の呼吸の合間に、この大きな館がどんなに静まり返っているか気がついた。二階下の台所でフォークを落としただけでも、この部屋まで響くに違いない。

腕の鳥肌をさする。寝室が真下なら、ベネットにはここの床板がきしむのが聞こえるだろう。

二匹目の灰色の蝶が細くあけた窓から飛び込んできて、朝食用のテーブルにひらりと舞いおりたころには、瞼《まぶた》が重くなっていた。シオニーが鶴にしたように、エメリーも術の体に秘密保護の輪をはめていた。全部同じ折り方なのに、なぜかずっと洗練されて見える。

シオニーは蝶をひらいて読んだ。

おかげで忍耐力が大いに鍛えられるさ。試験を延期させるな、シオニー。準備はできている。きみなら絶対に大丈夫だ。

それと、若いベネットくんの唇にあまり気をとられないことを願うよ。

シオニーは手紙を読み返してほほえみ、エメリーが〝若い〟という単語を強調したあかがね色の線を親指でこすった。

テーブルから離れ、引き出しにしまったピンクの口紅を出してくると、注意深く塗ってから別の四角い紙の中央に唇を押しつける。

そして「あなたのだけよ」と紙に書いて鳥の形に折り、「息吹け」とささやいた。

ベイリー師の雇ったシェフは朝食にはこないらしかったので、翌朝早くシオニーは台所の様子を見に行った。当然のことながら部屋はだだっ広く、天火が二台と魔法の冷蔵箱が三つ、腰かけが並んだカウンター、ワインの貯蔵庫、それに奥の隅にはまるように置かれた長い普段使いのテーブルがあった。戸棚はすべて床の黒っぽい塗装剤と合わせた色で、調理台には普通の流しに加えて小さな下流しまでついている。

卵料理とオランデーズソースを作りはじめたところで、ベネットが新聞を手に入ってきた。髪が洗いたてでまだ濡れている。「居心地よく落ちついたみたいだね」人差し指と中指の関節であくびを押し殺しながら言う。腰かけを引いて座り、社会面を目の前に広げた。「ええと、なにを作ってるんだい？」

シオニーは卵を一個持ちあげてみせた。「あなたもほしい？」

ベネットは肩を落として長い溜め息を吐き出した。「ああ、頼むよ。腹がぺこぺこだし、オランデーズソースは大好きなんだ」

（エメリーもよ）と言いそうになったが、さっとその台詞をひっこめる。かわりにこう応じた。「焦がさないように気をつけるわ。ベイリー先生の分も作るべき？」

「ベイリー先生はすでに食べた」廊下から三人目の声がした。プリットウィン・ベイリーが台所に入ってくる。きっちり身づくろいして、きのうと同様青白く、右手に巻物のようにまるめた紙を一枚持っている。たしなめる口調だった。

「おはようございます」シオニーは愛想よくふるまおうとして言った。この折り師にいい印象を持ってもらう必要があるのだ。たとえ向こうがどう思われようと気にかけていないように見えても。「もっと早く起きなくてすみません」

ベイリー師は鼻で笑った。「では、セインはきみを小間使いとして使っているのかね？　食事を作らせたり窓をみがかせたり、洗濯物をたたんだりさせて？」

うっかり出てしまいそうになった反論をのみこもうとして、シオニーは舌をかみそうになった。続けて、困ったことにほんのりと赤くなってしまった——実際にそういう仕事はすべて引き受けている。しかし、だからといって小間使いというわけではない。

「ただ感謝を形で示したかっただけなんです」と答える。ちゃんと感じのいい声に聞こえた。

「ふむ」ベイリー師は答えた。まるめた紙を天火の脇に置く。「僕は時間を無駄にするたちではない、ミス・トゥィル。ここにあるのが、試験の前に仕上げてもらいたい研究課題のリストだ」

シオニーは思いきってソースをまぜる手を止め、紙を広げた。胸に冷たい衝撃が走る。

「五、六十件ありそうですけど！」と声をあげ、奇抜な注文に目を通す。〝一、ドアをひらくもの。二、呼吸するもの。十四、真実を隠すもの〟

「正確には五十八ある」細い体も表情もこわばらせてベイリー師は言った。「標準だ。きみの……感謝を形で示すことが終わったら、とりかかったほうがいいだろう」

シオニーはリストを下に置き、鍋底に焦げつかないうちにオランデーズソースをかきまぜた。「一件につきひとつずつなにか折らないといけないんですか？」

「これは折り師の試験だ、ミス・トゥィル」ベイリー師は片眉をあげて言った。ベネットに対して告げる。「十五章から二十一章までのレポートは正午が期限だが」

「持っていきます」ベネットは答えた。

「それに授業は一時からだ」

「もちろんです」

ベイリー師はうなずくと、シオニーにそれ以上一秒たりとも時間を与えず、部屋から出ていった。

シオニーはようやくぶつぶつ言って片手鍋を天火からおろした。（がまんできない！学校でエメリーがいじめたのを責める気にもなれないぐらいよ）

「できたかい？」ベネットがうれしそうにたずねた。少なくとも、ベイリー師のとげとげしい態度で気持ちがしぼむことはなかったらしい。

だが、ソースから顔をあげたとき、ベネットの新聞の左下の隅に記事の見出しがちらりと見えた。〝魔術師内閣、異性実習生の受け入れに裁決を下す〟

「わたし……」シオニーは言いよどみ、首をまげて記事を読もうとしたが、字が小さすぎた。「できたわ」と言う。「ちょっとその新聞を見てもいい？」

「ああ、もちろん」

シオニーは片手鍋をほうりだして問題のページをとりあげると、記事にざっと目を通し、ある段落に目をとめた。

「これはひとつには品位を保つためだ」とロング師。「男女が一緒に働くことに関しては、実習生や魔術師、家族からさえいくつかの苦情が出ている。裁決が承認されれば——そうなることを信じているが——同性の組み合わせでない指導役と実習生は分離され、配置換えされることになる。今日《こんにち》のイングランドにおいては、悪い噂が広まる前にそうした方策を講じなければならない」

（いくつかの苦情？）シオニーは思った。まさか自分とエメリーのことではあるまい。まさか！　知っている人はほとんどいない。アヴィオスキー師はなにも報告していないはずだ。それに母はひとことも言わないとわかっている。むしろ娘のひとりが魔術師と恋愛関係にあるという考えが気に入っているらしかった。

ジーナのことを考え、気が沈むのを感じた。まさか内閣に苦情を提出したりしてはいないだろう……それに、裁決を下すならもっと苦情が出ていたはずだ。妹のことは最大限いいほうに考えるしかない。さもないと、想像で頭がおかしくなってしまう。まあ、面倒くさがりのジーナが報告書など記入するはずがない。そうわかっていることがなぐさめになった。

なにもかもひどく違和感がある。ジーナとこんなふうに衝突したことは一度もなかったのに。

「それはなんだい？」ベネットがたずねた。

（配置換えされる）シオニーは眉をひそめた。三週間で魔術師の試験に受からなければ、エメリーのもとで指導を受けられなくなるかもしれない。ロンドンにとどまることさえできなくなる可能性がある。シオニーが知っている女性の折り師はひとりしかいないし、噂では米国に引っ越したという。

「シオニー？」

「あら、ごめんなさい」シオニーは新聞を返し、ベネットが自分で料理をとれるよう皿を渡した。ベネットは新聞をじっとながめた。どの記事があんなにシオニーの注意を引いていたのか、見つけようとしていたのだろう。シオニーは会話を避けようとしてベイリー師がよこしたリストを調べた。五十八までざっと見たあと、最初の項目にふたたび集中する。〝ドアをひらくもの〟

（ドアをひらく？）首をひねる。ドアをひらく紙の術ということだろうか。だが、魔術を使わなくても簡単にできることなのに、把手《とって》をまわす術など誰が作る？

（この試験に受からなくちゃいけないのよ）と自分をたしなめた。落ちればいままでにもまして失うものが大きいのだ。

リストの隅で唇を軽く叩く。ジョントならドアをあけられる。紙の執事を作る時間が作る時間があるわけではないが、それであることを思いついた。紙の執事

〝二、呼吸するもの〟命を吹き込む術ならなんでもいい。眠っていても折れる。

〝三、物語を語るもの〟物語の幻影だ。

〝四、くっつくもの〟

「くっつくもの？」と繰り返す。べたべたするものか、それともほかのものに貼りつくものだろうか？　手裏剣が目的に適うかもしれないが……複数の解答を考えておくべきだろう。必要ないことまで用意しておくほうが不意をつかれるよりいい。ベイリー師はなんのヒントもくれないだろうという気がした。

「ふーん？」ベネットが卵を一口のみこみながらたずねた。リストに目をやる。「ぼくはそれについてなにも教えてもらえないんだろうね」

シオニーは唇をかんでリストをまるめ、スカートのポケットに突っ込んだ。「とりあえず、ここにいるあいだものすごく忙しくなるみたい」

新聞に目をやる。エメリーもあの記事を読んだのだろうか。

次の折り術の授業でベイリー師がベネットに指導しているあいだ、シオニーは実習生の書斎の隅にあるクッションを置いた椅子に腰かけていた。書斎はエメリーの図書室ぐらいの大きさだった。つまり、この広大な館では比較的小さな部屋ということだ。半分ほど本で埋まった低い本棚と、宿題や手帳らしきものがつめこんである幅のせまい棚があり、一列に並んだ六つの机が——必要な数よりはるかに多い——東の壁際を占めていた。北の壁一面は何枚もガラスのはまった巨大な窓になっており、西側には長さも厚さもさまざまな紙をしまった整理棚がずらりと置いてある。天井からは簡素なシャンデリアが二個さがっていた。両方とも、ロンドンの中心街にある街灯のように、念火師の魔法の火を入れたガラス球でできている。部屋が暗くなると勝手に点火し、替えのガラスもマッチも必要ない。もっとも、念火師が年に二回訪れてその光を活性化させる必要がある。シオニーは火の魔術に関する本を読んでそのことを知っていた。

しかし、注意を向けていたのは明かりではなく、十四番目の課題だった。〝真実を隠すもの〟目隠し箱がその目的にはぴったりだが、ベイリー師が偶然の箱を無効化する術を期待していれば別だ。もっとも、それなら準備はたいして必要ない。運勢を占っている相手が偶然の箱を使っているとき、「広がれ」と命じればいいだけだ。試験がそれほどやさしいとは思えなかった。

「これで紙はばらばらに裂ける」桜材の机の片側でベイリー師がベネットに言った。ベネットは反対側に座っている。シオニーに言わせれば〝細裂〟の授業は仰々しすぎた。「観察したまえ」ベイリー師は言い、未使用の紙を一枚掲げた。なんともったいない。「裂けよ」ベイリー師が命じると、紙はひとりでに十数枚の不揃いな切れ端に裂けた。ベネットが紙片を集めて机の上にきっちり積みあげる。それがすむとベイリー師は続けた。「これはさまざまな大きさの紙に有効で、活性化した紙の術にも効果がある――」

シオニーは髪をひとすじ指に巻きつけた。〝五十三、逃亡する手段〟エメリーの紙飛行機がすぐに頭に浮かんだ――そんなに大きなものを使えるだろうか？　いけない理由はない。ただし、このリストの品は試験中に持ち込んで使わなければいけないという気がする。シオニーを運べるほど大きな紙飛行機では運搬が難しいだろう。輸送中に壊したくなければなおさらだ。もっとも、自分で乗ってくれれば……

〈めくらましの紙吹雪〉と考える。手品師が折り師から買いたがる術だ――壁がない場合にかぎり、空中に投げるとごく短い距離を瞬時に移動できる紙吹雪。最初に目にしたのは、ベルギーでエメリーがグラスを避けようとして使ったときだった。あれがいいかもしれない。

〈鏡の転移ができないのは残念ね〉シオニーはシャツの襟の下に隠れているチャームの

首飾りをいじった。

「ミス・トウィル」

ベイリー師に鋭く名前を呼ばれ、物思いからわれに返る。顔をあげて、チャームの首飾りから手を離した。

折り師は眉をひそめた。「帳面を持ってこなかったのかね？」

シオニーは目をぱちくりさせた。「帳面？」

「メモをとるためにだ」

後頭部をさすっているベネットを見やったが、視線を避けられた。「この授業にメモですか？」

ベイリー師は溜め息をついた。「そうだ、ミス・トウィル」

「細裂の術なら知っています、ベイリー先生」シオニーは言った。

「きみの魔術師の試験に復習は有益でないと？」

肋骨が毒蛇に変わってお互いを攻撃している最中のような気がした。折り師の問いかけに反応し、きりりと逆立っていた眉を落ちつかせようとする。「わたしは……はい。その術はよく知っていますし、何度もきちんと使っています。メモをとるのは……無駄です」

「では、今日か明日、僕が教えるかもしれない別の術はどうだ？」ベイリー師はたずねた。長い顔がいっそう長く見える。口の端がへの字にまがっていた。「どれも役に立たないと思うほどきみは経験を積んでいるのかね？」

恥ずかしさで頬が赤らみそうになった——いや、怒りのせいだったかもしれない。

「先生に失礼な態度をとっているつもりはありません」

「質問に答えたまえ」

「ベイリー先生……」ベネットがささやいたが、名前を呼ばれたのを耳にしたとしても、折り師は無視した。

シオニーはできるだけ背筋をぴんとのばして座り直した。「折り術の知識に自信がなければ、魔術師の試験への準備など始めませんでした。いいえ、帳面が必要だとは思いません。万が一セイン先生がご自分の授業で教えそびれたことがあれば、もちろん熱心に聞かせていただきます」

ベイリー師は鼻を鳴らした。「二年間で折り術のあらゆる面を網羅できると信じているのなら、あの男は勘違いしている」

今回は怒りに顔が紅潮した。「では、そのことを内閣に話していただかないと、ベイリー先生」と言う。ひとことひとことが歯にくっつくようだった。「二年間で魔術師資格がとれると推定しているのは教育委員会です。委員会が間違っている理由を説明なさったらどうですか。パトリス・アヴィオスキー先生はぜひ聞きたがると思いますけど」

ベイリー師は目をきゅっと細めた。数秒が経過したあと、「さがってよろしい、ミス・トウィル」と告げる。

(喜んで)と思ったものの、これ以上調子に乗ってよけいなことを言う勇気はなかった。椅子から立ちあがり、スカートをなでつける。それから、走ったり足を踏み鳴らしたり、このいやな男に悪態をついたりしたいという衝動と闘いつつ、リストの紙を持って戸口へ歩いていった。

「勘違いしてるわ」小声でつぶやく。その言葉がこのばかげた家のだだっ広くがらんとした空間に響かないようにと願いつつ、唇を引き結んだ。あれだけうぬぼれた男の耳に、誰の声だろうと入ればという話だが。「こんなに人が少ないのも当然よ」顔をしかめてつけくわえる。「誰がいあんな人と一緒に住みたいもんですか」

首飾りをもてあそび、書斎に戻ってその場で念火師になったらという夢想にふけった。ベイリー師の頭に火の玉を投げつけてやれたら、どんなに胸がすっとするだろう!

寝室の中ではフェンネルがドアをひっかき、前足にあてたゴムで枠を押していた。犬を腕に抱きあげ、首筋をかいてやる。

「ごめんね、いい子」と言う。「うろうろしててベイリー先生に見つかったら、きっとたちまち術を解かれちゃうから」

フェンネルはふうふう息を吹いて尻尾をふり、ぐいっと窓のほうを向いた。また別の蝶がガラスに止まっていて、折り目にエメリーの短い手紙が隠れていた。毎日が退屈だというぼやきと、タジス・プラフの新卒業生のために開催されるダンスパーティーのことが書いてある。もうすぐ新しい実習生を迎える身になる可能性があるので、おそらくエメリーは招待されるだろう。ともかく、実習生の地位が空くなら正当な理由からであるようにとふたりとも期待していた。シオニーが配置換えになり、女性の指導役と同居せざるを得なくなるからではなく。もちろんパーティーに出席するつもりはない、とエメリーは断言していた。

エメリーに会いたくてたまらない。ベイリー師が自分ばかりかエメリーまで侮辱した口調を思うと、またもや怒りに体が燃え立った。フェンネルを床におろし、マットレスを殴りつける。あの男はわざわざ最低であろうとしているのだ。

試験用に折る品物のリストをひっぱりだし、だんだん机に変わりかけている朝食用のテーブルに置いた。いま始めるのがいちばんだろう。試験に受かってベイリー監獄を出るのは早ければ早いほどいい。

第九章

その晩、太い蠟燭二本のかたわらで朝食用のテーブルに覆いかぶさりながら、シオニーは頭痛の兆《きざ》しを消そうと右のこめかみをさすった。片方の手首の下にひらいた帳面があり、もう一方の手首で広げたベイリー師のリストを押さえている。

〝二十四、川を越えるもの〟

鉛筆の根もとをかじる。まさか物理的に川を渡る必要はないだろう！　知っているかぎりでは魔術師の試験中に移動することはない……とはいえ、魔術師、とりわけ折り師に対しては、予想通りであることを予測してはいけないと知っている。それこそ実習生としての第一日目にエメリーが教えてくれたことだ。

川を越えるもの。片腕にふるえが駆け上り、肩を横切って反対側の腕をおりていった。その術を実際にやってみせることを求められるのだろうか。どちらにしても、水恐怖症のせいで資格を得る機会を失うわけにはいかない。絶対に。

溜め息をついてリストの先に目を通し、三十二と三十三を読む。〝嵐を起こすもの〟と〝雨をよけるもの〟。この二つはどれも水に関係している。もっとも、嵐に具体的な指示はない。嵐の幻影を作るか、それとも水滴の形をした術をたくさん折り、天井から紙吹雪のように降らせてもいいかもしれない。

雨をよけることに関しては――本物の雨だろう――タクシーに乗ったままエメリーと川に落ちた晩の記憶がよみがえる。あのときエメリーが使った隠蔽の術。あれは傘に似た弓なりの形をしていた。そういう術を修正すれば、短時間雨をよけられる可能性があるのではないだろうか。

（サラージ）

頭をふる。もちろんあの事故を起こしたのはサラージだが、いまはそのことを心配していられない。試験に集中しなくては――シオニーが受かるとベイリー師が信じていないのはあきらかだ。

（まだあいつはイングランドにいるのに）内心の声が言い募った。

シオニーは鉛筆を置き、手首の付け根で両目をこすった。（集中して！）

ドアをノックする音がした。

手をおろしたとき、フェンネルが昂奮して宙に尻尾を突き立てた。いつものかすかな声で吠え、戸口へ走っていく。

もう少しで紙の犬を止めるところだったが、まさかベイリー師がここまで話をしにくるとは思えなかった。しかもどんな話を？　もちろん謝るわけがない。

「入って」と声をかける。

ドアがぎいっとひらき、ベネットが首を突き出した。すぐさまフェンネルに青い目を向ける。「うわ、すごい！」と声をたて、しゃがみこんで犬の耳をつっついた。さわっても耳が落ちたりくしゃくしゃになったりしないと悟ると、もう少し大胆になでる。

「これが例の犬か！」

「フェンネルよ」シオニーはにっこりして応じた。「さっきから遊び相手をほしがってたの」

フェンネルはキャンキャン吠え、前足をベネットの膝にかけて紙の舌でその両手をなめた。紙で手が切れなければいいのだが。よくあることなのだ。

一拍おいて、ベネットは立ちあがった。「邪魔かな？」

シオニーはどうぞと手をふった。

ベネットはフェンネルが逃げ出さないようにドアを閉め、一瞬あたりを見まわしてから、シオニーの反対側の椅子に腰かけた。もっとも、朝食用のテーブルはわずかな隙間もないほど物がぎゅうづめだった。「ベイリー先生のかわりに謝りたくてきたんだ」

「自分で謝れないわけ？」

「ちょっと虫の居どころがわるいだけなんだよ、ほら、わかるだろ」

フェンネルはつかの間、新参者の靴を嗅ぎまわってから、ベッドの反対側にあるもので暇つぶしにかかった。

「なんとなくわかるわ」シオニーは答えた。ベイリー師が学校でいじめられていたのを知っている――エメリーがいじめっ子のひとりだった――しかし、あれは何年も前の話だ。いくらなんでも、そんなに長く昔の恨みをかかえこんではいないだろう！「でも、だからって言い訳にはならないわ。ほかのことはともかく、わたしは淑女よ」

「先生はただ……人と違ってるんだろうな」とベネット。「ぼくも慣れるまで大変だったけど、一カ月かそこらでわかるようになってきたよ。いまはうまくやってる」

シオニーは帳面を閉じた。「あなたのことを執事みたいに扱ってるじゃない」

「違うよ」ベネットは言った。「そういうわけじゃない。つまり……〝どうぞ〟とか〝ありがとう〟って単語が頻繁に出てくるとは言えないけど、その気持ちはあるんだよ。暗に伝えてはいるんだ。ちょっとした仕事を頼まれたら、やっても害はないし、あとで先生がちょっとご機嫌になる。ぼくが学んだ規則のひとつはそれさ」

〝淑女〟であるにもかかわらず、シオニーは鼻を鳴らして椅子の背によりかかった。

「規則？　ほかにどんな規則を知らなくちゃいけないの？」

「そうだな……」ベネットは言葉を切って考えた。「なにかがいるときには、午前中に邪魔しないほうがいい……手紙で頼むのがいちばんだしね。たとえば執務室に鶴を送るとか」

「だって、同じ家にいるのよ！」

「大きな家だけどね。でもそうすると効果をやわらげられるんだ」ベネットは説明した。「ほら、答える前にじっくり考える時間ができるんだよ。先生は驚かされるのが好きじゃないから、考える機会をあげたほうが前向きな返事をもらえる」

シオニーはあきれた顔をしたいという衝動をこらえた。

「でも、本当は――」ベネットは膝の上で手を組んだ。「――先生は人に慣れるのに時間がかかるんだよ。あと、ひとりでいるのが好きなだけなんだ。ときには悪くないよ、ほら、些細な事柄をいちいち報告しなくて済むしさ。授業にちゃんとついていって、期限までに宿題を出しさえすればうまくやっていける。それに、暇な時間になにをしようが先生は気にしない。羽をのばす場所は充分あるし」

シオニーの唇から長い吐息が洩れた。「たぶん、あの人とわたしがぜんぜん違うだけなのよね」

ベネットは期待に満ちた大きな目で背筋をのばした。

「それに」シオニーは続けた。「ほんの数週間のことだし。二、三週間だったら、その……規則を……守れるわ」

ベネットはにやっとした。「いつでも喜んで手伝うよ。なにか必要ならね。きみのほうが進んでるのはわかってるけど――」

「あなたもまもなく試験を受けるんでしょ？」シオニーはたずねた。

相手は肩をすくめた。「一年後かな、わからないや。まだ準備はできてないと思う」

シオニーは眉を寄せた。「別の先生についたら準備ができるかもよ」

ベネットは微笑した。「高く評価してくれてうれしいよ。もし休憩が必要なら……ここからそう遠くないところに、本当にきれいな公園があるよ。ベイリー先生は自分のペンツを持ってて、たまに使わせてくれるんだ。その公園にはアヒルのいる池も、ピクニックにぴったりの場所もある」

試験のリストの隅を前後に折っていたシオニーは、指の動きをゆるめた。肩の力は抜いたままにしておいたが、胸が温まりはじめる。まさかベネットはデートしようとほのめかしているわけでは……そうなのだろうか？

「あら?」と問いかけ、探りを入れる。

「ひとこと声をかけてくれればいいから」

シオニーは窓のそばに置いてある紙の蝶のひとつを見やった。(じゃあ声をかけないことにすればいいのね)と考える。(それなら問題ないもの)

「誘ってくれてありがとう」と答えておいた。「できれば休憩が必要にならなければいいけど」溜め息をついてテーブルからリストを持ちあげる。「あんまりやることがあって。あしたは折り術にとりかからないと」

「じゃあ、邪魔はしないよ」ベネットは言ってテーブルの脇から腰をあげた。フェンネルがその前に駆け寄る。客が遊んでくれるのではないかと期待したのだろう。ベネットは笑い声をあげ、紙の犬の頭のてっぺんをこすった。「実にうまく作ってあるな」と言う。「本当に感心したよ。どう機能するのか確認するのに分解させてくれないかな?この中に見たことのない折り目がいくつかあるんだ」

シオニーは身をこわばらせた。フェンネルに追加の術をかけたことはおいても、誰かに分解されると考えるのは耐えられなかった。これほど精巧に作ったのはエメリーの手なのだから。二回も。

「わたし……この子はこのままにしておきたいの」と言う。

さいわいベネットはそれ以上頼んでこなかった。「わかったよ、でも、よかったらきみに上級の命を吹き込む術を教わりたいな」シオニーが犬の作り手だと思ったらしい。

「おやすみ」

シオニーはほほえんだ。「おやすみなさい。それから、ありがとう」

ベネットは部屋を出て静かにドアを閉めていった。シオニーは自分の勉強を無視してエメリーに手紙を書き、鶴の形に折った。

ベネットに誘われたことには触れなかった。

プリットウィン・ベイリー師は、実習生の書斎を歩きまわっていた。大きな窓を覆う二枚のカーテンの前を行ったりきたりして、それぞれの端に到達する直前に向きを変える。特定の光線の前を通りすぎるたび、朝日がきらりと眼鏡に反射した。ベイリー師は背中で両手を組んだ。

「硬化の術の手順を言ってみたまえ」と、おとなしく机の前の椅子に座っているベネットに指示する。

シオニーは前と同様、部屋の一角に腰をおろしていた。膝の上に帳面を広げていたものの、そのページに書いた文字は一行進むごとにどんどん乱れて雑になっていく。文章は魔術師資格の試験についての考察から、サラージ・プレンディに関する未分類のメモへと変化していた。

（あの居留地にはいないでしょうけど）自分でゴスポートを調べたときのことを思い出して考える。（あそこにスパイを送れるかしら？　ううん、あそこでなにか見つかるとしたら、刑事省が見つけてたはずよ。正体がばれてしまうし、だいたい紙の術は、わたしが出さなくちゃならない命令を受けられるほど複雑じゃないもの。どうにもならないわ）

　刑事省はもっと多くの情報を持っている。ヒューズ師は以前シオニーに感心していた。もしかしたらなにか教えてくれるかもしれない。

だが、エメリーがすでにヒューズ師と話しているのだ。そちらに渡していない情報なら、もちろん自分に秘密を明かすことはないだろう。シオニーは眉をひそめた。

「――複雑な折り方には効かない」ベネットが座ったまま言った。硬化の術――一時的に紙を硬くする術――は、シオニーが実習生としての二一日目に覚えたものだ。どうやらベネットは最近教わり、それについて作文を書き、いま口頭試問を受けているらしい。

（サラージについて新しいことをなにも聞いてないんだったら、きっとこわがる必要は

ないのよ）自分を叱る。一拍おいて、危険な考えが浮かんだ。（でも、それは捕まってないってことでもあるわ）

椅子に座ったまま体の位置を調整する。（アヴィオスキー先生とは連絡をとってないわ。それにエメリーは……ヒューズ先生が最新の情報をくれたとしても、悪い知らせをわたしに教えたがる？）

帳面をめくって一ページ前に戻ると、綴じた部分から皺のある赤紫の紙が突き出ていた。かつて蝶の形だったものだ。

きみのことを考えている。しっかり勉強して、周囲の雑音にいらいらしないように。

〝周囲の雑音〟というのはベネットも含むのか、それとも教育委員会全体を指しているのだろうか。そのうち何人が実際の試験に立ち会うのか、シオニーはよく知らなかった。長々と息を吐き出し、ページを戻して自分のメモを点検する。その中には、V字形の鳥の翼にまるみを帯びた星をとりつけた絵が含まれていた。「四十四、暗がりで道を案内するもの」自分が動くと一歩手前を飛ぶ星の光を作ろうと決めていた。寝室で途中まで折りかけたが、紙の蝙蝠《コウモリ》を受け取って作業を中断したのだ。ベネットの朝の授業に同席するようにと求めるベイリー師からの伝言だった。

しばらく復習のほうに注意を向ける。無意味だ。もしかしたらベイリー師は、時間を無駄にさせて、試験の準備をすませる機会をつぶすつもりなのかもしれない。

ベネットがちらりとこちらを見たが、シオニーは目をそらして窓を見た。使われていない召使い部屋の屋根を三十秒ほどながめたあと、授業が終わるまでずっと帳面に顔を向けていた。

エメリーの手紙を読み返す。胸が痛んだ。

「ミス・トウィル」

目をあげる。さっきまでベネットが座っていた机の端に――ベネット自身はもう出ていった――ベイリー師が立ち、長い四角形の白紙をその表面に広げていた。それから姿勢を正し、背中で腕を組むと、ほっそりした顎をしゃくって机を示した。

「われわれの試験を始めようかね？」と言う。

シオニーは帳面を椅子の上に置いて立ちあがった。（わたしたちの試験は二週間半後なんだけど。それとも忘れたの？）机に近づく。

「言ってみたまえ」折り師は切り出した。「紙の幻影の腕前はどうかね？」

「満足がいくものでなければ、ここにはいません。先生」

「ふむ。見せてみたまえ」紙を指し示す。

シオニーは目の前の紙をながめ、ミセス・ホロウェイのために作ったパーティーの飾りつけを思った。ずいぶん前のことのようだ……だが違う。ベイリー師はああいう使いにベネットを送ったことがあるのだろうか？　この折り師がその種の仕事のために時間をとって予定を組むとは考えられない。そもそも、誰かがベイリー師にそんなことを頼むというのが想像できなかった。まったく、教科書とは。

「なにか特定のものをごらんになりたいですか？」とたずねる。

ベイリー師はベネットの授業のときと同じゆったりとした足取りで机をまわって歩いてきた。「いや」と答える。「だが、僕を感心させようとしてみたまえ」

シオニーは深く息を吸い込み、しばらく肺に溜めておいた。紙を見つめる。ベイリー師のように尊大な相手を感心させるとしたら、どんなものだろう。フランス料理の晩餐の幻影？　ミセス・ホロウェイに作ってあげたデザインのようなジャングルの景色？

ベネットが言っていたアヒルの池がある公園を思い起こす。そういう幻影は一度も作ったことがなく、ぶっつけ本番でやってみると思うと緊張した。だが、机の表面を魚が泳ぐ水と睡蓮《すいれん》の葉に変えられたら、間違いなく感心されるだろう。少なくともエメリーならそう受け止めるはずだ。

紙の左端に移動して片隅を持ちあげたが、折る前にためらった。ベイリー師のまなざしで床にくぎづけにされているようだ――うなじに視線を感じたが、無視した。(問題は、この人がいつでも好きなときに散歩して池を見られるってことね)と、下唇をかんで思う。(なにか別のことをしなくちゃ)

どうしようかと考え込んだ。

ベイリー師が溜め息をついた。「最初にすべきなのは――」

「ちょっと創造力を働かせていただけです」シオニーはさえぎった。「でも、お気持ちはありがとうございます」

さらに一瞬間をおいて、折りはじめる。

四隅から始めてかどをつまみ、幻影に深みを与えるために一ヵ所ねじった。机から鉛筆をとりあげると、望むような幻影を描くために術の形や言葉や記号を描く。見かけに関してはかなりの部分が推測だった――魔法がかかっていようがいまいが、望遠鏡でのぞける範囲には限界がある――だが、うまくいけば、その推測のおかげで最終結果がより〝感心〟できるものになるはずだ。

ベイリー師は無言で見守り、ありがたいことに論評はさしひかえていた。シオニーはかけている術に集中し、折り師がなにを思っているか考えないように努力した。

扇の折り目を加え、記号をもうひとつ描くと、長い羊皮紙の色が暗くなり、白い斑点が散った。下の隅のねじれた四隅折りが斑点をゆっくりと回転させる。小声で指示を与えるとさらに奥行きが加わった。

もっと多くの言葉や形を黒い色に隠す。

シオニーが一歩さがったとき、ふたりはなんと空の一部を見あげていた。人間の目で見通せるより遠いところを。

色も大きさもさまざまな星々が動きまわっている。右上の隅には彼方の銀河が浮かび、紙の表面を燃える彗星が横切っていく。左下のほうには月も表現しており、クレーターのある表面の四分の三が太陽の光で照らされていた。その上にはちっぽけな輪を何十個もそなえた淡く光る土星が浮いている。

シオニーはにっこりした。うまくできた。

ベイリー師はなにも言わなかった。

視線を向けたが、その表情は読み取りがたかった。片方の腕を胸もとでまげ、シオニーの作品をながめながら、もう一方の手の親指と人差し指で顎をつまんでいる。感心しているようではない。むしろ……どんなふうにも見えなかった。

評価を訊くべきか、このまま黙っているべきかと迷う。後者を選んだ。

長い時間がたち、ようやく反応があった。「まずまずの幻影だ」

ベイリー師からの評価なら、絶賛されたと考えていいだろう。

相手は続けた。「実のところ、きみが完成させた速度に驚いた。二分三十四秒というのは、この大きさの紙では速い」

「あの……時間を計ってたんですか？」

ベイリー師は力なくドアの上の時計を示した。「なかなかの速度だ。むろん最高ではないが、二年しか経験のない実習生にしては上出来だ。ふむ。セイン先生はようやく判断力をつけてまともな訓練を始めたようだな。きみに別の教師がいれば別だが」

首筋がほてった。シオニーは強く唾をのみこんで言った。「別の先生はいません」

相手はまだ顎をつまんだままうなずいた。「では判断力だろう。いいことだ――この前の実習生であれだけ派手に失敗したあとでは、委員会に謹慎を申し渡されるのではないかと危惧していた。女性の実習生を割り当てられたことには驚いている」

シオニーは唇をあけた。背中を蜘蛛が這いずったような気がした。つかの間口がきけなかったが、数秒後、やっと声が出た。「よくもそんな」と言う。「あのことをなにも知らないくせに」

エメリーの二番目の実習生――ダニエル。そのことを最初に知ったのは二年前、エメリーの心臓を通り抜けたときだった。新進の切除師だった元妻ライラとの諍《いさか》いが激しくなりすぎたため、実習生を配置換えしたのだ。ダニエル自身の安全のためだった。

ベイリー師は顔から手をおろした。眉間に皺が寄る。「僕は事実を述べている、ミス・トウィル。きみは黙っているべき――」

「黙りません」シオニーはかみついた。「ここに三日しかいないのに、もうセイン先生についての嫌味をさんざん聞かされました。おふたりの過去にどんな因縁があるか知りませんけど、セイン先生はいい方ですし、すばらしい先生です。これ以上ひとことだって中傷を聞く気はありません」

ベイリー師の青白い肌に燃えるような赤みが走った。「僕に向かってよくもそんな口を！」

「わ、わたしに向かってよくもそんな口を！」シオニーは自分も怒りに紅潮するのを感じながら言い返した。「侮辱されるためにここにきたわけじゃないんですよ。わたしの先生がばかにされるのを聞くためでもありません！」

「ミス・トウィル――」

「あなたはただ、あの人のほうが折り師として腕がいいから嫉妬してるだけでしょう」

と吐き捨てる。

ベイリー師が目をみひらいた。シオニーは帳面をつかんでのしのしと戸口に向かった。これ以上口走らないうちに部屋から出なくては――相手は自分の試験官だというのに！いったいなんというばかな真似をしてしまったのだろう。

さいわい折り師は後ろから声をかけてきたりせず――ともかく聞こえる範囲では――追ってくることもなかった。といっても、ふりかえって確認したわけではないのだが。無人の広い廊下に足音がこだまする。こんなにも豪華でありながら、ひえびえとした場所。脈拍に合わせて踵がどすんどすんと鳴った。

寝室までたどりつき、かろうじてドアを叩きつけたいという衝動をこらえる。ベッドに乗ったフェンネルが頭をもたげたが、紙の犬でさえ険悪な気分を感じ取り、ゴムで裏打ちした前足に鼻づらをうずめた。

シオニーはリンのチャームをつまんだ。一分足らずで火の玉を召喚し、このぞっとする大邸宅を焼き払ってやれるのに。それに対処してみればいい。もうがまんできない。あまりにもベネットが気の毒だ。

（きっとほうりだされるわ）部屋の反対側まで歩いていく。髪からピンを抜き、こわばった指をオレンジ色の房に走らせた。（でも、そんなことが問題？　あんな人に審査してもらう必要はないわ。ほかの人に能力を疑われたってどうでもいい。わたしはエメリ

ーに試験してほしいんだもの）

新聞記事のことを思った。（悪い噂？）ふん、と鼻を鳴らす。（誰が気にするの。プリットウィン・ベイリーから離れられるならなんだってましよ！）

ヘアピンをマットレスに投げ捨て、室内をあと二回端から端まで歩きまわってから、腰に両手をあてて立ち止まった。鼻で深く息を吸い、ひきしめた唇からゆっくりと吐き出す。

「勉強よ」と声に出して言う。いまは試験に合格することが最優先だ。誰が試験官を務めようと準備は整えておく必要がある。

朝食用のテーブルのそばにある二脚の椅子のひとつにさっと戻った。腰をおろし、ガラスでできたテーブルの表面に帳面をほうる。最初のページをあける。閉じる。またひらいて星の光に関するメモを見る。何ページか先をめくり、鉛筆をつかむ。

紙の上に構えてエメリーに手紙を書こうとしたものの、やはり集中できなかった。怒りにまかせて手紙を書いたところでなんになる？　どうせそこにいろと言われるだけだとわかっていた――ベイリー師が置いてくれたら、という話だが。

シオニーはうめき声をあげてもう一度帳面を閉じ、椅子の背にもたれた。この調子では絶対に受からないだろう。ベイリー師のせいで集中力どころではない。

椅子の上で体をそらして天井をながめ、自分の呼吸に耳をかたむけて、少しずつゆるやかになるのを待つ。身を起こしたときには首筋が痛くなっていた。

寝室の窓を軽く叩く音に反応してふりかえる。

長々と息を吐くと、唇が笑みの形にほころんだ。（ちょうどよかった）と考え、席を立つ。泣きながらエメリーの腕に飛び込むわけにはいかないが、はげましの言葉をもらうといつでも驚くほど気分が明るくなった。

小さな紙の蝶か紙飛行機を予想して窓をあけたが、窓台に落ちたくしゃくしゃの術は、エメリーではなく自分が作ったものだった。

シオニーはびっくりして窓から手を離し、そのまま閉じた。赤い鳴き鳥を手のひらにすくいあげる。尖った翼は雨で皺になり、嘴と尾は風で折れまがって弱くなっていた。あざやかな深紅の紙は泥に汚れて錆《さ》びているように見える。

シオニーは息を殺して術の折り目をなでつけ、なんとか命を吹き込もうとした。この鳴き鳥は、サラージを捜索しているあいだにゴスポートで折った四羽のうちの一羽だ。あの男を求めてどれだけ長くイングランドじゅうを飛びまわっていたのだろう。いつかから自分を捜していたのだろうか。

なにを見つけた？

おそらく、居留地のように重要性は低いものだろうが、知っておく必要がある。「どこだか案内できる？」衰弱した術に問いかける。

鳴き鳥は手の中で力なくとびはね、指に倒れかかった。

シオニーは唇を引き結んだ。近かろうが遠かろうが、この術に目的地まで飛ぶ力は残っていない。これほどの損傷を受けていては飛び立つことさえできないだろう。どちらにしても、追いかけることができるとはかぎらない。それに、ある術の知識を別の術に移す方法など知らなかった――二番目の鳥を折ってもしかたがないのだ。

長いこと舌先をかんで考えをめぐらしてから、専門図書室のことを思い出した。

（地図ね）と考える。ベイリー師はばかでかい地図を持っている。それで用が足りるかもしれない。

シオニーは息をひそめてアヴィオスキー師と共有している模倣の術を探った。もしかしたら、玻璃師がなにか知らせを書いてよこしたかもしれない。刑事省がサラージの確実な手がかりをつかんでいれば、シオニーが追跡調査する必要はない。

術が見つかった。白紙だ。

シオニーは疲れ果てた鳥の翼を指でつまむと、勉強を中断し、せいいっぱい走らないよう努力して専門図書室へ急いだ。

第十章

沈みかけた太陽の薄い光が西に面した窓から図書室に流れ込み、本の並ぶ壁を錆色に照らしていた。シオニーが持っている折り紙の鳴き鳥に近い色合いだ。足音がやたらと大きく耳に響く。図書室のドアを閉めたときのきしむ音で、所在がばれてしまうのではないかと気が気ではなかった。

（ばれるわけじゃないわ）と言い聞かせる。別に悪いことはしていない。

まだ。

地図が入っていそうな高い棚の引き出しを目で探ったが、本当にうってつけなのは壁にさがっている地図だった。図書室のドアの左側には、合衆国東部の都市をいくつか赤いピンで示した世界地図がかかっている。戸口の右側にはグレートブリテン島の大きな地図が展示してあった。刺してあるのはスコットランドのエディンバラを示す黄色いピンだけだ。

イングランドはシオニーの背丈とほぼ同じぐらいだった。ぴったりだ。

赤い鳴き鳥をくぼませた手のひらに乗せ、地図に近づく。「見てきたものがどこにあったか教えられる？」

術は手の上で弱々しくはねた。

シオニーは唇をひきしめて地図を壁に留めている画鋲を見やった。鳥は衰弱しすぎていて自力で長く浮かんでいられないだろう。鳴き鳥を引き出しのある棚に置き、地図の片側をつかんで何本かの画鋲を外す。反対側も同じようにすると、やがて幅の広い厚紙は床に転がり落ちた。

平らに広げて、鳴き鳥をその上に乗せる。

「教えて」とうながした。

弱った術は一度その場ではねてから、片側の傷んだ翼のほうによろめいた。シオニーは体を立て直してやった。鳥はロンドンのほうへぴょんぴょん進み、やがてまた転倒した。またまっすぐにしてやる。

鳥はバークシャーのレディングまで行ってから立ち止まった。

シオニーは冷たい手で術をすくいあげ、地図の上にかがみこむと、右の人差し指の先でレディングを示す円を押した。「こんなに近くに」とささやく。その言葉で両腕に鳥肌が立った。背骨がこわばる。

だが、鳥はサラージ自身を見たのだろうか？　ひょっとしたら別のインド人居留地か、サラージの描写に一致した外国人を目にしただけかもしれない。今回も骨折り損に終わるかもしれないのだ。もちろん、まったく別の手がかりを見つけ出したということもありうる。

「ありがとう」地図から体を離しながら鳴き鳥に告げる。「停止せよ」

皺くちゃの術から生気が流れ去り、疲れた鳥を眠りにつかせた。

シオニーはまだ鳥を持ったまま正座した。レディング。そこなのだろうか？　知る必要がある。この目で確かめなくては！　心の大部分では鳥が間違っていることを必死で願っていた。単純な紙の術に役に立つものなど見つけられるはずがないと。

(重要な最新情報があればエメリーが知らせてくれるわ) と考えた。(ヒューズ先生だってきっとエメリーには話すだろうし……)

手の中の鳥に目をやる。もう一度床におろし、首飾りを使って精錬師になると、画鋲に〝狙え〟と〝発射せよ〟という命令を出して地図を壁の正しい位置に戻した。再度紙の魔術師になり、急いで図書室から出て、寝室への長い道のりを戻っていく。二部屋はずいぶん離れており、目的地にたどりついたときにははあはあ息をついていた。

鳴き鳥を朝食用のテーブルに乗せ、窓際に駆けつけてまた手紙がきていないか点検した。なにもない。ガラスをあけて外に首を突き出し、薄れゆく光の中で空と敷地を調べた。手紙がくる気配はなかったので、深く息を吸い込み、あけっぱなしにしたまま窓から離れる。テーブルのところまで行ったりきたりした。

（あんなに近くに）と考え、悪寒の走る肩をさすった。両親に手紙を送って警告すべきだ。

だが、はっきり知っているわけではない。レディングに行って自分の目で確認するまではわからないのだ。

（きみがあいつを追いかける必要もない……追いかけようとしないと約束してくれ）

シオニーは下唇をかんだ。「でも、追いかけるわけじゃないもの」と小声でつぶやく。「ただ見に行くだけよ」

布を絞るようにぎゅっと胃がよじれ、心臓が重くなりはじめた。また窓を見やる。依然としてなにもこない。エメリーに手紙を書くべきだろう。

（それで、なんて書くの？）と考え、胃の痛みや心臓の重みをやわらげようと背伸びをした。書いたら必ずなんらかの形で厄介なことになる。それに神経がぴりぴりしすぎていて、陽気な手紙など書けない。

フェンネルの目のない顔が動きをたどるのを無視して、窓まで何度も往復した。レディング。鏡を探してみることはできる……だが、隣の洗面所の鏡は小さすぎて通り抜けられない。それに、また目印の場所を外してしまい、夜中にひとりきりでレディングの外に出てしまったら？　汚れた鏡にはさまれた異質な空間に閉じ込められずにすむほど運がいいと信じ、行きたいところへ着くまで鏡から鏡へと転移し続けることなどできるのだろうか。

夜明けとともにタクシーを呼ぶこともできるが、レディングまで車を雇ったらいくらかかる？　列車のほうが速いだろうか。ベイリー師は行かせてくれるだろうか？　自分を追い払ったら向こうはせいせいするかもしれないが、これ以上反感を買いたくなかった。

シオニーは指を組んで歩き続けた。いま出れば闇にまぎれて動ける。もちろんサラージにも同じ利点があるが、その問題なら対処できる。それに玻璃師か念火師なら、指を鳴らしただけで明かりを作ることが可能だ。夜のおかげで結合解除の力を人目から隠すこともできる——近くにいる人や警官、刑事省自体からさえ。ほかの人間が知ったら、シオニーのようにこの情報を伏せておかないかもしれない。

（それで、あいつを見つけたらどうするの、シオニー？）といぶかる。（殺すつもり？）

呼吸が乱れた。唇をかむ。たしかにグラスを殺したし、そのことを後悔もしていない。あの男はデリラを殺害した。機会があればシオニーとアヴィオスキー師も殺すところだったのだ。

だが、ふたたび命を奪いたいと思っているだろうか。重傷を負わせ、反撃できないほど大怪我をさせるだけで……いや、だめだ。また逃亡の機会を与えるわけにはいかない。だいたい、すでに裁判を受けて有罪を宣告されているのだ。もう死んでいるはずだった。

シオニーは肺が破裂しそうになるまで息を吸い込み、それから一気に空気を吐き出した。もしサラージを見つけたら、もし対決することになったら……手加減はしない。そんな余裕はない。情けをかける値打ちなどない男だ。

だが、まだレディングへの行き方という問題が残っている。もう一度危険を冒して鏡で移動してもいいが、これ以上玻璃師製でないガラスを使ったら運がつきてしまうのではないかと不安だった。こんなに遅い時間だとタクシーはこないかもしれないし、余分に運賃がかかる可能性もある。次の給料日は一週間後だ。それでも、やってみる価値はあるのではないか。そうすれば――

（ベイリー先生は自分のベンツを持ってて、たまに使わせてくれるんだ）

「ベネット」と声を洩らす。いま、駅まで乗せていってもらえるかもしれない。数ポンドばかりか時間も節約できる。セントラルロンドン鉄道に導入された新しい精錬師製のレールを使えば、真夜中までにレディングに着けるだろう。

（本当にこの件に別の人を巻き込みたいの？）心の奥でささやく声がした。ベネットもアニスやデリラと同じ道をたどることになるのでは？　自分が歩いたあとには破壊の跡だけが残るのだろうか。

「一緒には連れていかないもの」と自分に言い聞かせる。「列車の駅におろしてもらうだけ、それで終わりよ」（そのあとはベネットには絶対に頼らないことにしよう）ちょっとお世辞でも言えば、説得するのに役立つかもしれない。

シオニーは灰色の四角い紙をつかんで表面に走り書きすると、簡単な紙飛行機を折り、真下の窓に向けて飛ばした。ベネットの窓がひらいて手が室内に紙飛行機を導く様子をながめる。

公園はまた今度ね。セントラルロンドン鉄道の駅に連れていってくれない？　すごく重要で大事なことなの。

ベイリー先生は寝かせておくのがいちばんよ。秘密があるほうが友情は深まるものよね？

窓に背を向けると、空いているほうの手で帳面をひらいた。一字一句記憶しているにもかかわらず、サラージに関するメモのページをめくる。隅にはデリラとアニスの名前が書き込まれ、線がぼやけてほとんど読めなくなるほど繰り返したどってあった。アヴィオスキー師との会話が脳裏に再生される。ハンドバッグにしまったあの茶色いガラスのことをよく検討した。

思えばベイリー師との困った状況にもひとつだけいいことがある――エメリーの家では決して得られないような自由が手に入った。

エメリーはここにはいない。大切な師匠からこれほど遠いがらんとした大邸宅に住んでいるかぎり、秘密を隠したり約束を破ったりすることを心配する必要はないのだ。誰ひとり、ベイリー師でさえシオニーの時間を管理することはできない。

赤い鳴き鳥を胸もとにかかえる。そうだ。あの不機嫌な折り師のもとにいるかぎり、サラージの追跡ができるし――するつもりだった。

セントラルロンドン鉄道の駅は魔法のランプや火を使った装置で明るかった。ベネットは白く汗ばんだ手でハンドルを握りしめ、駐車区画のひとつに師匠の車を乗り入れた。そこはほかでもない、シオニーが二年近く前にエメリーと座っていた場所だった。紙の魔術師はそのあとサラージと戦うために立ち去ったのだ。妙なものだが、はじめてエメリーとキスした場所でもあった。

当然のことながら、実習生仲間にそんなことは言わなかった。

「見つかったら先生になにをされるかわからないけど」ベネットはあえぐように言った。「うれしいことじゃないだろうな」

「大丈夫よ」シオニーは請け合った。相手の肩をぎゅっと握る。「ありがとう。そんなに遅くならないうちに戻るわ。起きて待ってたりしないでね」

「本当かい？　なにをする必要があるのかわからないけど、よかったら一緒に行って手伝ってあげるよ。ひとりで行かないほうがいい、シオニー。女性が暗いところにひとりきりで……」

（そうしなくちゃいけないの。わたしひとりならほかの人は傷つかないから）シオニーは微笑した。「列車が強盗に襲われないかぎり平気よ。どうせそんな強盗じゃ、あなたがいてもしかたないしね。それにあなたはベイリー先生のことを考えなくちゃいけないでしょう」

ベネットは血の気を失った顔で気分が悪そうにごくりと唾をのみこんだ。「先生に訊かれたらなんて言おう?」

「なにも」シオニーは答え、肩に鞄の紐をかけた。念のためタサム雷管式ピストルを底にしまったので、余分な重みでずしりとさがった。「先生がわざわざ確認しにきたとしても、寝室に眠ってるわたしの幻影を残してきたから」

「先生には本物じゃないってわかるよ」

「よく見たときだけよ」と言い返す。「気をつけて」

ベネットはうなずいた。「急いだほうがいい。どうしてこんなに夜遅くセントラルロンドン鉄道に行く必要があるのか、あとでくわしく話してくれるだろ。ぼくを信頼していいんだよ、シオニー」

シオニーはなんの約束もせず、あっさりと車からおりてすたすたと駅へ歩いていった。そこで切符を買い、レディング行きの最終列車に乗る。同じ車両にはほかに三人しか乗客がいなかった。

列車が西へと疾走するあいだ、チャームの首飾りをもてあそぶ。幅広の車輪は精錬師製のレールの上に浮かんでいるかのようだった。金属に誘導される速度の術がどう働くのかはわからない。自分で研究した精錬術は、どれもほんの二、三年前に作られたばかりのこんなめざましい技術には及びもつかなかった。まだタジス・プラフの学生だったころ、これに関する地方新聞の記事を目にしたことを思い出した。

列車が目的地に到達し、エンジンが一晩の休息のため、煙と蒸気を吐き出してレール上に止まったとき、決意に不安が忍び込んできた。もう真夜中に近いだろう。レディング駅にも魔法のランプがともっていたにもかかわらず、明かりの中間の暗い地点やその向こうへ視線を向けずにはいられなかった。歩きながら右手を鞄に入れ、折り紙や折っていない紙にさわったり、ピストルの握りに指を走らせたりする。

エメリーがさぞ怒るだろう。

さいわい、レディングはロンドンのように人口が多く、たいていの通りは街灯で照らされていた。すべて魔法の品だ。実際、普通の街灯はひとつも見つからなかった。たぶんレディングがイギリス魔術師会社の本拠地だからだろう。グレートブリテン島最大の物質魔術を扱う技術系会社だ。鉄道の効率をあげているのがどんな術にしろ、その浮遊術に関与している会社でもある。シオニーが卒業する一週間前、タジス・プラフでこの会社の講演があったのだが、どちらかといえば未来の従業員を集めるのが目的だったらしい。シオニーの知るかぎり、折り師は雇われていなかった。

ブロードストリートを進んでいったとき、別の列車の汽笛が煌々《こうこう》と照らされた街に響き渡った。ただし、別の方角からきた列車だ。少なくとも三本の路線がレディングで合流している。だが、ロンドンに戻る線は一本だけだった。遅い時間にもかかわらず、あたりを動きまわっている人々がいた――会話に没頭している実業家ふたり、煙草をふかしている下品な恰好の女、シオニーが乗っていた列車の別の車両から、涙が出るほど笑い転げて出てきた男が三人。シオニーは全員を残してその場を立ち去った。

〝ジョージ・パーマー〟（英国レディングの実業家・政治家）という名が彫ってある像の前で足を止め、ハンドバッグから鳴き鳥を三羽ひっぱりだして「息吹け」と命じる。鳥たちにこっそりささやきかけ、切除術をどう見抜くか、姿をくらましているサラージ・プレンディをどう見つけるか教えてから、空中に放した。

シオニーは人目を避けながらも明かりのついた通りにとどまった。騒がしい宿屋の脇をぶらぶらと通り、カーテンのかかっていない窓から中をのぞく。室内の顔を見渡し、禿げかかった若い男が片隅で弾いているピアノの調べに耳をかたむけた。もっと手がかりがあったらと思いつつ、確実な証拠が見つからないようにとも願っていた。レディングのことを知らせた紙の鳥を持ってくることも考えたのだが、損傷がひどすぎて命を保てなくなってしまったのだ。

手の甲であくびを押し殺し、道から道へと進み続ける。暗い路地には近づかず、折った望遠鏡で小道の先をのぞきこんだ。術をかけるための鏡も影の映るガラスのかけらも見つからなかった。酔って笑いながら歩いていて敷石につまずいた恋人たちをよけようと、やがて通りを渡った。最終的には青く光るランタンの列をたどり、ケネット川の土手へ向かった。テムズ川から分かれてくねくねと流れ、レディングの南側を横切っている川だ。常に水とは安全な距離を保っておきたかったので、埠頭《ふとう》には近寄らなかった。エメリーが泳ぎ方を教えようとしてくれたが、まだちゃんと習うことができていない。はしたないという理由はもちろんだが、溺れる恐怖が消えないことも問題なのだ。

紙がぱたぱた鳴る音が耳に届き、顔をあげると、黒い紙で折った鳴き鳥の一羽がおりてくるところだった。一瞬、目の高さで静止してから、後ろに宙返りする。

「なにか見つけたの？」シオニーは低い声でたずねた。命を吹き込んだこの術に話ができたらどんなにいいか！「案内して」

鳥はシオニーの肩を越え、次の通りのかどをまがって川に近づいた。シオニーは鞄の中のピストルをつかみ、走るとは言わないまでも急いで追いかけた。黒い術は街灯の隙間に消え失せ、夜空にとけこんだものの、追跡が続けられないほど速くは飛ばなかった。

窓の列がずらりと並んだ四階建てと、煙突から旗をなびかせているヴィクトリア朝風の建築物、校舎と納屋の中間のように見える黒っぽい建物を通りすぎる。ドアの近くの看板は〝サイモンド醸造所〟と読めた。窓のひとつ——三階——に薄暗い明かりがついている。

レディングのこの区域には、ケネット川から分かれた運河が何本もめぐっていた。シオニーは歯を食いしばり、おだやかな水面にかかった短い橋の上を駆け抜けた。ここにある魔法のランプはほかの場所にあるものより丈《たけ》が低く、黄緑から赤紫へと色を変える念火師製の炎が燃えていた。水際だと注意を引くためかもしれない。運河の表面に映った火影は睡蓮の葉のようだったが、あまりじっくり水を見ないようにした。いまはもっと重大な脅威に集中しなければ。

黒い鳴き鳥は〝ケネット・エイボン運河、指定車両のみ通行可〟と書かれた標識に止まった。シオニーは呼吸を落ちつけようとふうふう息を吐きながら手をのばした。小鳥が手の中に舞いおりると「停止せよ」と命令し、鞄にしまいこむ。

周辺を見まわし、運河の脇にベンチがあるのを目にとめた。盛りを過ぎて枝のたれさがった木もだ。別の橋が背後の埠頭につながっている。

水上にカヌーとたいして変わらない小さなボートが見えた。ふたり乗っている——ひとりは漕ぎ、もうひとりは煙草をふかしていた。真ん中にランタンが置いてあり、からし色の光でふたりの顔を照らしている。煙草を吸っている男は尖った鼻とたるんだ皮膚を持つ老人の顔をしていた。漕いでいる男はゆったりした長い袖の服をまとい、顔が浅黒く――

息が喉につっかえ、背筋を戦慄が走り抜けた。どんどん離れていくボートとのあいだに木をはさもうと左に寄る。サラージ――あの男はサラージだろうか？　そんな気がするが、昼日中にはっきり姿を見たことはない。あちこちでちらりと目にしているだけだ。なにをしているのだろう。どこへ行こうとしているのか、力を貸しているのは誰なのか。いったい自分はどうするつもりだろう？　先に見つけたことで優位に立ったとはいえ、水の上では……

ごくりと唾をのむ。化粧用の手鏡がハンドバッグに入っている。これでアヴィオスキー師かヒューズ師と連絡をとり、なにを見たか警告することはできる。たまたま出くわした玻璃師が術をかけてくれたと言えば、信じてもらえるかもしれない。自分の行動を説明しなければならないだろう……エメリーに話が伝わる……まさかアヴィオスキー師は、実習期間の最後になって実習を停止したりはしないだろう！

だが、停止されたからといってどうだというのか。サラージを絞首刑にできるなら、その価値はあるのでは？　家族の安全はどんな魔術師資格より大切だ。

ピストルを離して鞄の中をごそごそ探り、顔をあげて遠ざかるボートをふたたび見張る。

「きみは子猫のようだ」

甘ったるい声が冷たい針のようにうなじを刺し、シオニーはとびあがった。勢いよくふりむくと、埠頭へ続く橋のふちにひょろりと背の高い男の影が立っていた。

ぱっとピストルに手を戻す。「いまなんて?」

男が前に進むと、やがていちばん近くにある色の変わる街灯が緑と紫の光線を投げかけ、その姿を照らし出した。両耳の金のスタッドピアスに光が反射する。やや細すぎる体形で、ほぼ三角形の頭の両側にもつれた巻き毛が突き出しているインド人男性。着ているぼろぼろの服は洗う必要がある。逃亡中の男の身なりだった。

「子猫」なまりのある言葉が繰り返される。「あちこちうろついて、ミルクをよこす相手についていく。だが、僕はミルクを持っていないよ、子猫ちゃん」

氷のような悪寒が背中を駆けおりた。

サラージ・プレンディは一歩近づいた。「そういうわけで教えてくれ、シオニー・マヤ・トウィル……なぜこんなに遅くこの街をうろついているのかな?」

その微笑はまさしく狼そのものだった。

第十一章

　喉がつまり、シオニーは切除師からひとあしさがった。たれさがった木の枝を肩がかすめる。あえて背後に目を走らせたが、小さなボートとなにも気づいていない乗り手は、悲鳴をあげても聞こえない距離に遠ざかってしまっていた。もうランタンが見えない。

「おもしろい」サラージは長い腕を組み、一歩近づいた――ひとあし、ふたあし。「普通、蹴られた動物はいじめた相手をこわがって縮こまるものだ。避けようとする。だが、おかしなことに――」空中で片手をふる。「――きみが僕を捜し出したと直感した。直感でいいかな？　正しい単語を使ったと思う。そうだ。きみは実に不思議な子猫だ、紙《カガズ》。別の目的があれば話は別だが」

　言葉を切り、こちらを上から下までながめまわした。視線がねばねばと皮膚を這うように感じられたが、ゆらめく街灯の光で見える範囲では、いやらしい含みはなかった。むしろ、小卓や椅子などの家具を見ているようだ。道にほうりだされた品に拾いあげる価値があるか迷っているような目つき。「いや」と言う。「きみは娼婦の恰好をしていない」

「あたりまえでしょう」シオニーは吐き捨てた。そんなふうに思われることへの怒りで、なんとか口をきく気力が湧いたのだ。それでも、もう一歩あとずさり、サラージのベルトを目で探る。ライラは術をかけるため血を入れたガラス瓶を腰につけていたが、シャツの下に隠していないかぎり、サラージは持っていないようだ。もっとも、切除師が相手を殺すのに血はいらない。一回さわるだけでいいのだから。

シオニーは空いているほうの手を首飾りへと動かした。唾をのみこむ。「どうしてここにいるの、サラージ？　なぜ逃げられるうちに逃げなかったの？　脱走したのは知ってるわ」

サラージは声をたてて笑った。「どうやら僕は有名人らしい。どうしても知りたいというなら、子猫ちゃん、まだ済ませていない用事があるのでね。回収しなければならないものがある。きみは僕の太陽じゃない」

「え？」シオニーはほとんど唇を動かさず、小声でつぶやいた。

「僕の太陽」サラージは繰り返し、姿勢を楽にした。人差し指をくるくるまわしてみせる。「軌道、自転。僕の行動はきみの周囲をめぐっていない。わかるかな？」

シオニーは数秒の間をとってから、指で首飾りを探りつつ答えた。「ええ、グラスの周囲をめぐっているのよね」声がふるえるのを抑えようと咳払いする。「あいつはそう自信があるみたいだったわ。でもグラスはここにいない」

サラージは眉をひそめた。「ああ」と同意したものの、その言葉には自責も後悔も忠誠心も感じ取れなかった。

またひとあし進み出てくる。シオニーはピストルを引き出して狙いをつけた。

サラージはにやりとした。むきだした歯は街灯の光を反射するほど白くなかった。片側に首をかしげてこちらを見つめる。シオニーは落ちつかない気分になった。サラージは片手をポケットに突っ込み、どんな国の民も知らない言葉で呪文を唱えはじめた――闇の言語で。この呪文の響きやリズムには聞き覚えがあった。治癒の術だ。傷つけるための術ではない。いまのところは。

シオニーはサラージに唱えさせておき、その隙に首飾りに手を置いた。暗がりで唇が見えないようにと願いつつ、自分のまじないをささやく。

「こんなことをするのは、血肉が気になっているからなのかな?」サラージは詠唱を終えて問いかけた。シオニーが撃ったらすぐ使えるように、ポケットに埋めた手に術を握っている。わからないとでも思っているのだろうか?「きみの家族《パリヴァーラ》が? 父と母とほかの子猫たちが？」

ピストルを構えた手に力がこもり、手のひらが汗ばんだ。そのままサラージの胸を狙い続ける。

サラージは手をひっぱりだした――親指から黒っぽい血のしずくがしたたりおちる――そしてその皮膚が金色にきらめいた。治癒の術。まあ、頭に弾丸を撃ち込まれても治せるとは思えないが。

サラージの額に照準を合わせ直す。

「血肉、子猫たち」シオニーは繰り返した。「あなたにとっては全部遊びにすぎないんでしょう？　ライラは好きじゃなかったんだし、グラスのことだって気にしてないと思うわ――」

「遊び！」サラージはまだ手を輝かせたまま叫んだ。「ああ、しかしあのふたりは遊ぶのが下手だった」大股で前に進む。「それにきみの血肉は退屈な駒だ。以前はグラスへの好意だったが、実につまらなくてね、子猫ちゃん」

首飾りの上で、シオニーの手は油の瓶と砂の袋、〝一七四四年〟と記された星の光を通り越した。言葉をつぶやく声は、頭の中で響いているだけではと思うほど低かった。サラージに秘密を知られてはならない――グラスの秘密を――だが、たとえ知ったとしても、死んでいれば人には話せない。

「生きていくには金がいる、ほかの連中と同じように」と言い、サラージは前進した。

シオニーは後退した。「回収に行かなくては。だが、それは遊びではないだろう？　退屈だ。しかしきみは……きみはいまここにいる。遊びにきてくれた。体の中になにがあるか僕に見せるために」

「わたしがきたのはあなたを倒すためよ」シオニーは威嚇した。

サラージは笑って拍手したが、右手の指を輝かせて待機している術は、その動作でも影響を受けなかった。

「なにもかも遊びだ」サラージは言い、足を踏ん張って身をこわばらせた。笑みがゆがみ、歯をむきだしているような顔になる。「そしていまや子猫が盤上にいる。まだ心臓がひとつ必要でね、子猫ちゃん。きみのものでいいだろう」

全身に冷たい汗がにじんだ。サラージがぐっと前に出る。

シオニーは身をすくめて発砲した。

銃声が運河の壁のあいだにこだまし、サイモンド醸造所にはねかえった。これだけ大きな音なら誰か気づくに違いない。サラージが輝く手を襟もとにあげるまで、どこを撃ったのか見えなかった。弾丸は右側の襟のすぐ下をつらぬいていた。相手は咳き込み、苦しげにあえいだが、術のオレンジ色の光がたちまちその箇所にしみこんで傷口を閉じた。数秒後、手を離して敷石に銃弾を落とす。

「チェックメイト」サラージは告げた。

「遊びが違うわ、お友だち」シオニーは言い返し、ピストルをさげた。「弾のために撃ったんじゃないもの」

そうだ。撃ったのは火花のためだった。

「燃えあがれ！」と叫ぶと、ピストルから引き出したちっぽけな火花はぱちぱち音をたてて大きくなり、左の手のひらに火がともった。その明かりでサラージが目をみはったのが見えた。

「発火せよ！」と呼ばわり、左手を前方にふって荒れ狂う炎をサラージに投げつける。暗闇に目が慣れていたうえ的《まと》が間近だったので、まばゆい火が瞳に焼きつき、一瞬視界がとざされた。シオニーはよろよろとあとずさり、斑点を消そうとまばたきした。煙がどっと鼻孔に侵入してくる。咳き込みながら後退し、しゃがれ声で「よみがえれ」と命じて火花を手に呼び戻すと、切除師を仕留める準備をした。

だが、雑草を吹き散らし、埠頭の渡り板を一枚燃やして炎の嵐がおさまったとき、闇に慣れた視界でも暗がりにサラージの姿はなかった。一度、二度、あたりを見まわし、小さな火に命令する。「燃えあがれ！」

手のひらで炎が大きくなり、トパーズ色の光を埠頭に投げかけた。誰もいない。きしむ音だけだ。

おなじみの戦慄が腕と背中を這いあがる。燃やして灰にしてしまったはずはない！ どこへ行った？ 川に飛び込んだのだろうか。

運河の黒い深みに視線をそそぐと、ふるえがさらにひどくなった。瞬間移動したのだろうか。いまどこにいる？ こちらを見張っているのだろうか？

シオニーは駆け出した。

全速力で走ると、自分の起こした風が指に残っていた炎を吹き消した。

街灯に照らされた通りを駆け抜け、急角度で何度もまがると、まだ宿屋から流れてきているピアノ音楽が聞こえた。入口の把手をつかんでひきあけ、すばやく中に入る。ドアが背後でばたんと閉まった。

常連客が何人か――ロビーには十人かそこらしかいなかった――こちらに視線をよこしたが、入っていった音は部屋の隅から響いてくる調べがかき消したらしい。

シオニーは背中をドアに押しつけ、ずるずると床に座り込んだ。呼吸を荒くして窓から身を縮める。目を閉じて後頭部を戸口の木材にぶつけた。

（いまや盤上にいる。わたしが自分で注意を引いたってこと？）

（どうしよう、あいつに念火師の魔術を見せたわ。グラスが秘密を打ち明けてたら……サラージはわたしになにができるか知ってることになる。ああいう男はその知識を手に入れるためなら人殺しでもするのに。ばか。ばか）

まだピストルを持っていたことに気づき、誰かに警戒されないうちに鞄へしまいこむ。折った鳴き鳥を握りしめ、細長い体を指でつまんでひっぱりだした。サラージを見つけ出したことで、エメリーを危険にさらしてしまったのではないだろうか。切除師はエメリーを――家族を――追って、囮《おとり》にするかシオニーの説得に使おうとするのでは？　それとも直接自分を狙うだろうか。大火傷を負わせた可能性が高い。どの程度簡単に治せるのだろう？　今晩襲ってくるだろうか。

ピアノ弾きが新しい曲を奏ではじめたとき、シオニーはぎこちなく手足を動かして立ちあがり、部屋を横切った。小さなカウンターの向こうにいるベストを着た男に近づいてたずねる。「すみません、お店のご主人は起きてますか？」

男はこちらを見た。「おれがそうだ。どうしたね、嬢ちゃん？」

「わたしが使ってもいい電信機をお持ちじゃありませんか？　緊急なんです」

汗が背中を伝う。

「処分したよ」男はカウンターに両肘をついて言った。「最近のはやりは電話さ」頭をかたむけて、カウンターの奥にある縦長で黒塗りの電話を示す。

「交換手を使うんですね？」

男はうなずいた。「いいぞ、使ってみな。部屋がいるか？」

シオニーは答えずに電話をつかみ、まごまごしながらもなんとか地元の警察につないだ。

「サラージ・プレンディという名前の切除師がレディングにいます」受話器に向かって言う。「危険な男です。埠頭の近くで目撃されてから十五分もたっていません。どうか魔術師刑事省に伝えてください」

そして名乗らずに電話を切った。

レディングの宿屋のロビーでまんじりともせず一夜を明かしたあと、シオニーは監視の目に気づかれないことを祈りつつ、朝早く帰りの切符を使って列車に乗った。市場で売ればそこそこの値段になる作成済みの折り術をタクシーの運転手に贈り、ベイリー師の家へ送ってもらう。運がよければ、サラージはレディングにこもって傷を癒やしているだろう。

車の中でかろうじてうたた寝し、火の術でおびえたサラージがイングランドから永久に逃げ出したという夢まで見た。だが、ベイリー家へ続くでこぼこ道で目が覚めたときには、ただの夢だとわかっていた。むしろサラージに復讐の動機を与えてしまったかもしれない。

グラスは物質との結合を破りたいという望みをサラージに打ち明けただろうか。その話を聞いていたら、シオニーがなにをしたか正確に把握しているはずだ。あんなふうに火を投げられる折り師はいない。

重たい足をひきずって大邸宅に向かった。いまや結合を解く秘密が切除師の手に落ちるという危険が生じてしまった。だが、念火師の術が逃げる唯一の手立てだった。あれを使うか死ぬかだったのだ……とはいえ、いよいよとなれば、すべての物質魔術を利用できるグラスの秘密を明かす前に死んでみせる。サラージに――ほかの誰にも――あの知識を悪事に使わせたりするものか。

（でも、全部秘密にしてはおけないわ）と、正面玄関に近づきながら考える。（エメリーに本当のことを言わないと。サラージはわたしがあの家にいると思うでしょうから。エメリーの命を危険にさらすわけにはいかないもの）

把手に手をのばしたが、指がふれる前にドアがばたんとひらいた。

向こう側にはベネットが立っていた。シオニーと同じぐらいくたびれている様子で、髪はぼさぼさ、シャツの裾は半分はみだしている。

「シオニー！」叱責とも安堵ともつかない口調で言う。「ああよかった、帰ってきてくれて！」

シオニーは体をこわばらせた。「ベイリー先生は……」

ベネットはかぶりをふった。「先生はきみの名前さえ口にしてないよ。自分の書斎で……なにかしてる」

実習生仲間は脇に寄ってシオニーを入れてくれた。「それで、どこにいたんだい？」

脳裏にデリラの顔がひらめいた。

「わたしの従弟《いとこ》が悪い仲間とつきあうようになって」と嘘をつく。「賭博よ……具体的には言わなかったけど。でも、必要なお金が集められなくて、牢屋に入るはめになったの。まだ十七歳なのに。助けてくれってセイン先生の家に手紙を送ったらしくて——恥ずかしくてお父さんには頼めなかったみたい——セイン先生が島でわたしに転送してくれたの」

ベネットは首筋をこすった。「それはひどいな。いくらなんだい？」

「そんなに大金じゃないわ」シオニーは笑顔を貼りつけた。「二ポンド足りなかったの」

ベネットは眉を寄せた。「説明すれば、きっとベイリー先生がその分を払ってくれると――」

「いいえ、いいの」シオニーは声を低めた。廊下を見渡して、折り師が視界のどこにもいないことを確認する。「わたしだけに打ち明けたんだもの。ジョンよ。わたしの従弟。絶対に誰にも話さないって約束させられたの。ほら、従弟の評判がね。報道記者になりたがってるんだけど、ああいう仕事ってちょっとしたことで非難されるでしょ。きれいな経歴が必要なの。あなたにも言うべきじゃなかったんだけど」

「でも、夜中に女性を外出させるなんて――」

「わたしは魔術師よ」シオニーは苦笑して言った。「少なくともほぼ、ね。たとえ紙しか使えなくたって、困った状況から抜け出すぐらいできるわ」

ベネットはいくらか緊張を解いたようだった。「まあそうだろうな。でも、ぼくが一緒に行ったのに」

「そう言ってくれてありがとう」シオニーはあくびをした。「でも、少し休んだほうがいいみたい。全部足すと長い距離の移動だったから」

「朝食を持ってこようか？」

「大丈夫よ」と請け合う。最後にもう一度にっこりしてから、廊下を進んで階段を二階分あがり、窓をあけっぱなしにしておいた寝室へ行った。エメリーから手紙はきていないかと、窓台や外の煉瓦、部屋のほかの場所を探したが、なにも見つからなかった。

肋骨が締めつけられる。ベイリー師の家に到着して以来、エメリーは毎日手紙をよこした。短いメモにすぎなくてもだ。なぜゆうべは送ってこなかったのだろう？　復讐に燃える切除師でさえ、前の晩の手紙を止めることはできないはずだ。

目をこすって眠気を払い、首飾りのリンとガラスをつまんでから、隣の洗面所へ向かう。玻璃師になると、そこにある鏡のふちをたどって、エメリーの家の洗面所にある鏡を探した。前に〝家の一番〟と名付けてある。最初の術で室内を探り、人がいないのを確認したあと、転移を始める術を使った。

ガラスが液体の門となって波打ち、シオニーはそこをくぐりぬけた。

第十二章

実際には一週間しか過ぎていないのに、この家を出てからずいぶん長くたったような気がする。

流しに足を踏み入れ、洗面所の床にとびおりると、鏡をふりかえってブラウスと髪をなでつけた。ここまでタクシーを使い、玄関から入ってきたとエメリーには言おう——まだ鍵は持っている。

廊下を通りながらちらりと自分の部屋をのぞいた。ベッドがきちんと整えられていたのでほほえんだ。妙に整理整頓が得意なエメリーは、まるで術を作るように毛布の端を折り込む。きちんとしたベッドの整え方を実演してもらったものの、時間をとってその技をまねたことはなかった。エメリーがこの部屋を整理しなおそうという誘惑にかられないよう、よく寝室のドアを閉めたままにしておいたが、シオニーが家からいなくなったいま、止めるものはない。

きっと退屈しているのだろう。

自室を通り越して図書室に首を突っ込んだが、紙の魔術師はいなかった。だが、机と電信機が両方とも窓の右側に移動されている。ものすごく退屈しているらしい。

廊下の先で、エメリーの寝室のドアをそっとノックする。反応がなかったので押しあけた。品物は多いが整然とした室内は無人だった。

廊下に戻って、三階へ通じる階段のドアをひらく。「エメリー？」と呼びかけた。耳をすましたが、応答はなかった。足をひきずる音も足音も聞こえない。

鼓動が少し速くなった。「考えすぎよ」とひとりごちる。下の廊下へ引き返し、一階への階段をおりていった。

食堂にも台所にもいない。あきらかに家の中で物音がしないことに気づく。建物自体がいびきもかかずに深く眠っているかのようだ。

家の正面に移動しながら、首飾りに指を走らせ、物質との結合をガラスから火へと替える。物質の魔術の中で圧倒的に攻撃力があるのは念火術だ。それで武装すると――必要ならいつでも火がつけられる天火用のマッチもある――やや自信が増し、安心できた気がした。

書斎と居間、前庭と裏庭を点検したが、エメリーはどこにもいなかった。ジョントさえ停止されている。では留守にしているのだ。家を離れる予定があるとは聞いていない。不安になってエメリーの寝室に戻り、衣裳戸棚を確認した。魔術師の衣裳がつるしてあるから、公務で出かけたわけではない。食料品を仕入れに市場へ行ったのかもしれないが、エメリーは買い物が嫌いで、可能なかぎり使い走りを雇う。

鏡台と小卓、本棚を調べる。シオニーが折った鳥は見あたらなかった。いくつか引き出しをあけ、ベッドの下さえのぞいてみる。どこに置いているのだろう？　それとも捨ててしまったのだろうか。だが、シオニーからもらった手紙を捨てはしないのでは？　眉をひそめたものの、サラージへの不安が娘らしい懸念を押しのけた。まさかエメリーが襲われたのだろうか？

もう一度ひとつひとつ部屋を捜していき、やがて玄関に戻ってくる。血痕も格闘の跡も、押し入られた気配もない。ふたたび玻璃師になり、ハンドバッグから出したガラスを使って台所と食堂の床を拡大し、手がかりを探した——見逃した血のしずくや、サラージの髪の毛。なにもない。洗面所の鏡に反映の術をかけ、今日そこでなにが起こったか見ようとさえした——つまり、鏡が服を脱いでいるエメリーを映し出すまでは。シオニーは術を解き、頬を赤らめて洗面所を出た。

寝室の戸口の脇で廊下の壁によりかかる。「じゃあ、きっと無事なのね」声に出した言葉を聞くと、わずかななぐさめになった。
エメリーが玄関の鍵をあける音が聞こえないかと期待し、しばらくそこでじっと待ったが、家はひっそりとしたままだった。壁から体をひきはがして図書室に行き、そこにあった黄色い正方形の紙に走り書きする。

バークシャーの近くでサラージが目撃されたってパトリスが教えてくれたわ。お願いだから気をつけてね。

大好きよ。

紙を鳴き鳥の形に折り、エメリーの寝室の窓台に置いて、ベイリー邸から送ったように見せかける。それから洗面所の鏡を抜けてベイリー師の家にある自分の部屋に戻り、そこでようやく数時間の睡眠をとった。

三日。
サラージが行動を起こすのを待ち、あの周辺を調べるために鳥たちを送り出し、切除師の記事を探してベイリー師の日刊紙を読みあさった三日。レディングでサラージと出くわしてから三日。それなのになんの音沙汰もない。

サラージからも、エメリーからも。

それでも毎晩、出発を隠してくれる黄昏《たそがれ》が訪れるとすぐエメリーに鳥を――あるいは蛾《ガ》や蝙蝠《コウモリ》を――送ったが、返事は一度もこなかった。つまり四日も連絡がないということだ。エメリーが家に帰ってきたのはわかっていた。洗面所の鏡で〝家の一番〟を確認したところ、濡れたタオルが壁にかかっていたのだ。

ではなぜ返事をよこすのをやめたのだろう？

その問いに悩まされながら、帳面の余白に睡蓮を落書きする。シオニーは実習生の書斎で机に向かっていた。正面にはせっせと拡大の鎖の輪を作っているベネットがいる。「拡大せよ」と命じれば、通りかかった相手には鎖をつけた人物が実物より大きく見えるのだ。どれだけ拡大できるかは紙の厚みによった。それぞれの輪を作る過程を考えると、かなり複雑な幻影の術だ。シオニーが魔術師試験の準備で使おうと思っている術だった。〝三十七、浮浪者から身を守るもの〟

だが、またもや勉強に集中するのが難しくなっていた。

ベイリー師はたしかに干渉してこなかった。もっとも、依然としてベネットの夕方の授業に同席するようにと要請されていた。エメリーをけなされることこそなくなったものの、喧嘩腰の折り師との関係が良好になったとはとても言いがたい。実のところ、そんなことが可能だとすれば、シオニーに対する態度はいっそうとげとげしくなっていた。あからさまな疑いをこめてこちらをながめ、まるで自分が刑事でシオニーが容疑者であるかのようにふるまうのだ。ベンツの疵《きず》を見つけてシオニーが犯人だと考えたのではないかと推測するしかなかった。実際、おおむねそういうことだ。それでも、ズボンがきつすぎるのかとベイリー師に訊くほど気にしてはいなかった。それでなくとも気になる相手はたくさんいるのだ！

（どうしよう、もし……）ペンを止めて考える。（エメリーがわたしに飽きてたら？）ばかげている。そうだろう。ふたりはいつでも仲良くやっている。エメリーはシオニーのことを好きだと思ってくれている。結婚について話し合ったことさえあるのだ！飽きられたなどという考えは笑い飛ばせるはずだった。

それなのに笑えない。涙を隠そうとすばやくまばたきして、気づかれたかどうかベネットを見やったが、相手は鎖の術にすっかり没頭していた。シオニーは深く息を吸って落書きを終わらせた。

（距離を置く口実にベイリー先生を使ってたとしたら？）と考える。（今回のことが全部、あとくされなく関係を切るためのお膳立てだとしたらどうなの？）

エメリー・セイン師は以前結婚していたが、終わり方はひどいものだった。その関係でどんな傷を負ったかシオニーは直接目にしている。心臓に残されたぎざぎざの亀裂を。あの峡谷はまだ埋まっていないに違いない。もし二度ともとに戻らなかったら？　シオニーが指導下から卒業して、ふたりの恋愛がおおやけになったとき、エメリーがちゃんとその関係に対処できなかったらどうなる？

シオニーのことは最初から秘密にしておくつもりしかなかったとしたら？

（そんなふうに考えてたら絶望するだけよ）と自分を叱りつけ、ペンをぎゅっと握りしめる。（理性的になりなさい。きっと説明がつくはずよ）

エメリーの家に転移してあの警告を置いてきた日、本人はどこに行っていたのだろう。あいあれにさえ返事をよこさなかった。

「ウィットミル先生を憶えてるかい？」

ベネットの言葉に顔をあげる。相手は完成した鎖の輪を両手に持ち、青い瞳でほほえみかけていた。その目にテディベアを連想する。

シオニーは頭をはっきりさせようと目をしばたたき、名前を求めて記憶を探るあいだだけ思考をエメリーから遠ざけた。思いあたる節があり、三年近く前、タジス・プラフでの最初の学期がよみがえった。シオニーは学院のホールの通路側に座っていて、隣には知らない同級生がいた。なんの役にも立たないが、同級生の顔はすみずみまではっきりと憶えている。心の中では、前方の舞台にいる、ごましお頭で白いもののまじる口髭を生やした恰幅のいい可塑師を見ていた。シオニーは笑い声をあげた。

ベネットはにっこりした。「憶えてるんだね？」

「ヴァージニアにある繊維会社の人材募集にきてた先生ね」シオニーは言った。「製品が山盛りになってるばかでかいコルクボードを持ち込んで、ハンカチを拾おうとしてかがみこんだときに腰でひっくり返しちゃったのよ」

ベネットはくっくっと笑った。「笑うべきじゃなかったけど、笑っちゃったよ。あのあとは誰もあの先生の講演をまともに聞こうとしなかったんじゃないかな」

シオニーは帳面を閉じてたずねた。「どうしてそんな話を持ち出したの？」

相手は肩をすくめた。「ただ頭に浮かんだだけだろうな。折り術はじっくり考えごとをするのに向いてるんだ。ほら、ぼくは可塑師になりたかったんだよ」

「知らなかったわ」

「決めたのは卒業の一月前だったからね」ベネットは認めた。「可塑術ではまだ発見されてないことが山ほどあるし、新しい魔術の新しい技を発見するのはおもしろそうだ。

その前にはゴムがおもしろそうな仕事だと思ってた。というか、むしろ父がそう思ってたんだ。練り術工場の施設で働いてるから」

「お父さまは魔術師なの？」

「いや。ぼくだけだよ。でも、義理の姉は精錬師だ」

ベネットは言葉を切り、手の中で輪をひっくり返した。

（まだ可塑師になれるのに）とシオニーは思った。ブラウスの襟にふれ、その下に隠れているチャームの首飾りを探る。

「きみは精錬師になりたがってただろ？」ベネットがたずねた。

シオニーは目を合わせた。「そんなこと憶えてたなんて意外ね」（いつベネットに精錬術のことを話したんだった？）記憶がくるくる回転する。（タジス・プラフで、クリスマスの晩餐のときよ）

「きみは……」ベネットはためらった。「がっかりしたかい？　折り術のことで？」

「最初はね」と認める。「でも、もう違うわ。こういうふうになってよかったと思ってるの」

「ぼくもだよ、たぶん」ベネットは答えた。「たぶんっていうのは、比較のために可塑術の実習生になってみなければ、本当にはわからないだろ？」

シオニーはうなずいた。

「ぼくはここを出るのが心配なんだ」相手はつけたし、片手で頬杖をついた。

シオニーは帳面の上で指を組んだ。「あなたは立派な魔術師になるわ」

「そうじゃなくて」とベネット。「ベイリー先生を置いていくのが心配なんだよ。あの人には……あんまり親しい相手がいないから。信じられないだろうな、うん」

シオニーは鼻を鳴らした。

「きっとすぐに別の実習生がくるだろうけど、あの人は……順応するのに時間がかかるんだ。きみもその目で見たようにね。でも、心の底ではよかれと思ってるんだよ。先生は誤解されてる。それでつらい目に遭ったんじゃないかな、わかるかい?」

シオニーはエメリーの心臓を通り抜けた旅を思い返した。最初にベイリー師、いやプリットを見た場所を。いったい何人に、どれだけ長くいじめられたのだろう。もしそういう目に遭ったら、自分も同じようにふるまうだろうか。

「わかるわ、少し」と答える。「でも、それで試験をやめるわけにはいかないでしょう」

「やめないよ。ただそういうことを考えるだけさ」

シオニーはまた帳面をひらいた。後ろのページから紙がすべりでて膝の上に落ちる——

―長い辺にそって大雑把に引き裂いた半ぺらの紙だ。アヴィオスキー師に渡した模倣の術の片割れ。その表面は白紙のままだった。サラージについての匿名情報を知って、シオニーを疑っているのではないかと思った。もちろん、わざわざ教育委員長にその情報を知らせる人がいたらという話だ。エメリーはどう見てもアヴィオスキー師に事実確認をしなかったらしい。確認していれば、ふたりとも今ごろベイリー師の玄関をドンドン叩いているだろう。

ベネットが両手を組み合わせた。「シオニー、ぼくは――」

「失礼していい?」シオニーは問いかけ、机の前から立ちあがった。「その〝考える〟時間が少し必要なの」帳面を掲げてみせる。「まだしなくちゃいけない勉強が山のようにあるし」

ベネットはうなずいた。「もちろん」と言ったものの、がっかりした様子だった。

シオニーは相手に笑顔を向けてから書斎を出た。話をさえぎるつもりではなかったが――すでに喉もとまで言葉が出かかっていたのだ――言ってよかったと思った。ベネットはすばらしい友人だし、魅力的な男性だということは認めざるを得ないが、あの好意的な態度が心配だ。さっきシオニーの名前が唇から出たときには、とりわけ親しげに響いた。

「わたしってひどいわ」とつぶやき、廊下をしばらく進んでから、模倣の術を帳面の表紙に置いた。左の手のひらで支えて、〝なにか聞きましたか？〟とアヴィオスキー師に書く。どういう意味か説明する必要はない。

壁にもたれて模倣の術を前に掲げ、アヴィオスキー師の筆跡が自分の字の下に現れるのを待つ。何秒か経過した。一分、二分、だが半ぺらの紙はかたくなに白紙のままだった。もちろん、模倣の術には文章が現れると音が鳴ったり光ったりして持ち主に知らせる機能はついていない。アヴィオスキー師が向こうの半分を見るまで待たなければならないのだ。もっと早く返事を聞く唯一の方法は電信機を使うことだった。ベイリー師はばかばかしいほどいろいろなものを持っているので、一台持っているだろう。だが、電信機を見つけて使う許可を得るというのは、いますぐ喜んでやりたいことの数には入っていなかった。

のろのろと長い息を吐き出し、模倣の術を帳面に戻す。外で空の雲が動き、廊下の窓から日の光がひとすじ射し込んできた。急に明るくなったので、シオニーはひとあしさがり、まばたきして目から斑点を消した。視界がはっきりしないうちに、家の軒《のき》になにかが止まっているのに気づいた。一フィートほどの背丈で、羽はないが右の翼を羽づくろいしている。紙の鷹だ。

シオニーはつかの間ぽかんと見つめてから、実物そっくりの術を驚かせないようにゆっくりと動いてガラスに近づいた。体は何十枚もの紙で構成されており、継ぎ目がほとんど見えないほどそれぞれがきっちりと隣の紙に折り込まれている。褐色の紙だが、胸の部分はオフホワイトの紙片数枚でできていた。

ベネットの手仕事ではありえない、ということはベイリー師が作ったものに違いない。ひとひらの雲がふたたび太陽をよぎり、鳥がもっとよく見えた。猛々しい外見の術なのはたしかだ。きつく巻いた紙の鉤爪や、開閉するように蝶番のついたカード用紙の鋭い嘴をそなえている。ベイリー邸の敷地内では、エメリーとやりとりしているもの以外、紙の術をひとつも見かけていなかった。これを見逃していたのか、それとも新しく作ったのだろうか？

だいたい、なぜよりによって鷹を？　いくらベイリー師でも、鳴き鳥を追い払いたいと思うほどひねくれてはいないだろう。

鷹は翼を広げて屋根から飛び立った。庭の上を少し進んでから、弓なりに舞いあがって館を越え、視界から消え去る。

「うーん」シオニーはつぶやき、窓から離れた。

廊下の先にいるベイリー師が目についた。話している相手は、人の住んでいる数少ない部分を週三回掃除しにきている小間使いのひとりだ。見つかる前に急いで寝室へあがっていった。

シオニーは端がぴったり合うように注意して四隅折りの折り目を親指でこすった。朝食用のテーブルで作っている骸骨の腕の切り込みに、新しくできた三角形をさしこむ。あと一、二時間で完成し、ためしてみることができるだろう。もしうまくいかなかったら、紙と折り目をひとつ残らず調べて間違いを見つけなければならない。わからなければ最初からやり直しだ。さいわい、ジョントの腕を何度も見ているので、この術はちゃんとできるという自信があった。難しいのは、腕がより大きな体の一部としてではなく、それだけでひとつのものとして動くようにすることだ。

（一、ドアをひらくもの）いったん手首が完全に機能するようになれば、この仕掛けはまさにそれをやりとげるだろう。そうすれば魔術師試験の最初の課題をリストから消せる。

ベッドに座っていたフェンネルが吠えた。紙の体はマットレスがろくにへこまないほど軽い。犬はシオニーの帳面のまわりをうろうろしてうなり――その音は紙切れが風にはためいている音に近かった――帳面の表紙から突き出ている模倣の術にかじりついた。

二回ぐいっと頭を引くと、術は帳面から出てきた。

シオニーはぱっと立ちあがって犬のほうへ駆け寄り、口から術をひっぱった。見ているうちにアヴィオスキー師の堅苦しい筆跡が黒インクで記されていく。まるで幽霊が書いているようだ。


今回の件にはかかわってもらいたくありません、ミス・トウィル。


シオニーは唇をかんで術を朝食用のテーブルへ持っていき、鉛筆で返事を書いた。

〝教えてくれると約束したでしょう。知る必要があるんです〟

シオニーの文章の下に黒インクの点が現れ、じわじわと大きくなった。アヴィオスキー師はペンを下に置き、おそらくどう返事をするか考えているのだろう。そのため向こう側でインクが紙にしみているのだ。とうとう文字が浮かんだ。〝少し前にレディングで目撃されました。そう、まだイングランドにいます。無傷でヨーロッパを通って逃げるために、資金と偽の書類を集めようとしているのではないかとヒューズ師は考えています〟

またペンが紙にしみを作った。アヴィオスキー師はためらいがちに書いた。〝ジュリエット・カントレル先生が殺害されました〟

顔と手から血の気が引いた。ジュリエット・カントレル師——会ったことはないが知っている。刑事省。精錬師。グラス・コバルトの追跡にかかわっていた。エメリーによれば、ソルトディーンでサラージを逮捕した人物だった。

アヴィオスキー師の最後の言葉に焦点が合う。〝殺害されました〟

恐怖にみひらいたデリラの瞳が視野いっぱいに広がった。グラスに首をつかまれたとき、あの椅子の上で縄に抵抗した様子……

シオニーは数秒間ぎゅっと目をつぶり、背骨を駆けおりた戦慄が消えるのを待った。瞼をひらいて書く。〝あの男が殺したんですか？〟

〝心臓をもぎとられました。すでに使われたのかどうかヒューズ師には確信がないようです〟

シオニーは胸もとに手をあて、自分の鼓動が速まるのを感じた。心臓を盗んだのだ。ライラがエメリーの心臓を盗んだように。サラージが埠頭でシオニーの心臓を盗もうとしたように。ただし、カントレル師には盗み返してくれる人がいない。どのぐらい時間がたっているのだろう、サラージが……だが、そもそもカントレル師の体は、蘇生できるほど完全な形で残されていたのだろうか。

みぶるいする。胃がよじれてむかむかし、喉に胆汁がこみあげた。ぐっと唾をのみこむ。

サラージはレディングでまだ心臓がひとつ必要だと言っていた。カントレル師の心臓を奪ったのだ。あのとき止めていれば……

シオニーは動きを止め、一瞬、全身がからっぽになるのを感じた。サラージがカントレル師の心臓を盗んだのは、カントレル師に見つかりそうになったからだろうか、それとも、自分を投獄した張本人である魔術師ふたりの一方だったからなのか？

空虚な感覚が消えて吐き気がこみあげた。もうひとりはエメリーだったのだ。

唾をのんで書く。〝どこで？〟

〝あなたは安全ですよ、ミス・トウィル〟玻璃師は答えた。〝ヒューズ師がこの件の責任者です。発見されたら知らせますから――〟

シオニーはアヴィオスキー師の文章の先に書きつけた。〝どこで？〟

術が応じたのは数分後だった。〝生意気な態度はおやめなさい。サラージが発見されたときには知らせます〟

シオニーはなおもアヴィオスキー師に答えを迫ったが、そのあと玻璃師は返事を拒否した。どのみち模倣の術にはほとんど余白がなくなっていた。

崩れるように椅子に座り、手にした短い会話をながめる。サラージはレディングにとどまらないだろう、シオニーと対決したあとでは。しかし、匿名の通報を受けた刑事省は、そこから捜索を始めるはずだ。カントレル師は殺される前にどこまでサラージの所在を追ったのだろう？

テーブルの表面を鉛筆で叩き、すすり泣きをこらえて歯を食いしばった。どんどんインググランドの奥へ入っていく。依然として逮捕されずに。サラージがまだシオニーを追いつめていない理由はカントレル師に違いない――逃げていて時間がなかったのだ。精錬師の心臓をシオニーに使う術のためにとっておくだろうか？　エメリーに使うために？　ひとつだけはわかっている。自由の身になり、ついでにはした金を手に入れるためなら、サラージは際限なく人を殺す。いまはグラスの秘密を求めてシオニーを狙い、ロンドンへ向かっているのだろうか。それとも、逃亡するためにその追跡はあきらめただろうか。

鉛筆をテーブルに叩きつけたので、先端が折れた。ライラには勝った。グラスにもだ。それなのに、いまだに誰ひとり信用してくれない！　誰も手伝わせてくれない。

レディングへ行ってサラージを見つけ出すわけにはいかないだろう。魔術師試験はぐんぐん近づいている。姿をくらました男ひとりを求めて街じゅうを捜しまわることなどできるだろうか？　ゴスポートで手がかりを見つけたのはひとえに幸運のおかげだ。エメリーがどこへ出かけたかという推測さえできないのに。

だが、誰よりもサラージを倒せる可能性があるのは自分だ。シオニーなら獲物と狩人の両方の役が演じられる。ひとりでカントレル師とヒューズ師とアヴィオスキー師とエメリーの全員になれるのだ。

シオニーは模倣の術をながめた。躊躇する。首飾りにふれた。

アヴィオスキー師がなにを知っているにしろ、ヒューズ師から聞いたはずだ。そして、その情報をどう伝えたかということは直感でわかった。

アヴィオスキー師が教育関係の職務で留守にしている午後に襲撃しよう。

明日のこの時間までには、シオニーも情報を手に入れているはずだ。

第十三章

玻璃師の家に鏡の転移をすると、都合のいいことが二点ある。ひとつめはシオニーがくぐれる大きさの手ごろな鏡が何十枚もあること。ふたつめはどの鏡も玻璃師製のガラスなので、不純物がなく、移動が嘘のように安全だということだ。閉じ込められるのを避けるには玻璃師製のガラスだけ使って移動すべきだと以前デリラが言っていた。しかし、これまではその警告に従う余裕がなかった。

シオニーの靴下ばきの足が、アヴィオスキー師宅の三階にある鏡の間にそっと踏み込んだ。自分より丈のある長方形の鏡から入っていくと、通り抜けたとたん渦巻くガラスの門はなめらかになった。一瞬息をひそめて待ち、家の中できしむ音がしないかと耳をすます。聞こえる範囲では誰もいないようだ。

首筋をさすって悪寒を追い払う。ここはデリラが死んだ部屋ではないが、置いてある鏡はみな同じものだったし、同じように配置されていた。この鏡の群れに囲まれるのは、グラス・コバルトに戸口からひきずりこまれ、砕け散った窓ガラスのかけらで肌を切り刻まれた日以来だ。

シオニーは隅を見やり、そこにある椅子に縛りつけられていたデリラを想像した。体がうつろになったように感じる。うつろで、耐えがたいほど冷たかった。

頭をふって悲しい思いを追い払おうとする。過去のことをくよくよ悩んでもしかたがないと言ったのはアヴィオスキー師自身だ。向こうがそう主張するのは簡単だった。シオニーの記憶がほかの人々のようにやすやすと薄れてくれさえすれば。

特定の鏡を探す――グラスの脇で血まみれになって床に横たわっていたとき、ヒューズ師に連絡するのに使った鏡だ。どうやってシオニーが連絡してきたのか、ヒューズ師は一度も訊いてこなかった。おそらくデリラかアヴィオスキー師が術をかけたと思ったのだろう。アヴィオスキー師のほうは……まあ、そのとき意識を失っていた。ヒューズ師がいったいどうやって助けにきたのか、シオニーのほうもたずねたことはなかった。

向きを変えると、背後にその鏡が見つかった。場所が変わっている。シオニーは黒い枠に近づいた。

「映し出せ、過去を」指でガラスにさわって言う。表面に映った自分の影が渦巻いた。ゴスポートでやったように鏡の映像を巻き戻し、移り変わる様子を注意深く観察する。

日の光が薄れて薄暗くなり、アヴィオスキー師が入ってきて、別の鏡を使い、出ていくのが見えた。部屋が暗くなり、明るくなる。アヴィオスキー師がふたたび現れ、シオニーがいま立っているのと同じ場所に立った。

「とどめよ」と命じると、玻璃師の映像が停止した。アヴィオスキー師の眼鏡に焦点を絞ると、レンズにヒューズ師が映っているのが見えた。

もう少し前まで巻き戻し、会話を再生する。

「――ワデスドンの近くで遺体を発見した」ヒューズ師は低く疲れた声で言った。鏡では映像が見えず、アヴィオスキー師の眼鏡に顔がゆがんで映っているだけだった。「心臓が摘出されとったが、血は抜かれとらん。時間がなかったのではないかと思う。剖検が済むまで確実には詳細がわからんが……」

アヴィオスキー師の顔が蠟のように白くなった。唇がふるえたものの、なにも言わなかった。

「今晩遺族と連絡をとる」ヒューズ師は続けた。「その一方で、オックスフォードとエールズベリーに警官隊を送るつもりだ。見つけ出すとも、パトリス」

シオニーは映像を停止した。「ロンドンに戻ろうとしてるんだわ」とささやく。「わたしを狙って」

唇を引き結ぶ――これは刑事省が持っていない情報だ。目を閉じてベイリー師の地図の記憶を引き出し、心の中でロンドンとワデスドン、オックスフォード、エールズベリーをたどった。これからサラージがそのどれかを通るとしたら、ロンドンに近いエールズベリーだということに給料を一年分賭けてもいい。備える時間はほとんどなかった。
術を解くと、ここにくるとき使った鏡のほうへ引き返し、そこからベイリー師の邸宅の三階の洗面所に戻る。洗面台から自分の品を集め――歯ブラシ、櫛、ハンカチ――寝室に持っていってベッドにいるフェンネルの横に並べた。荷物は軽くする必要があるが、よく考えてつめなければ。使えそうなものはなんでもだ。それに術に必要なものも全部

――

室内にふりそそいでいる午後の陽射しを影がよぎった。窓から外をのぞくと、またさっきの紙の鷹が見えた。いかにも猛禽らしく家の脇で旋回している。ベイリー師が手もとで飼っているにしてはどうもおかしなペットだ。
窓台を調べたものの、やはりエメリーは連絡をよこしていなかった。指の爪で窓台をとんとん叩く。なぜ送るのをやめたのだろう？　だんだん腹が立ちはじめた。エメリー・セインは黙り込んで不満を示す性格ではない。言いたいことがあるならはっきり口に出すはずだ――

考えが途切れた。もう一度鷹を見る。実際、ペットとしては妙な選択だ。紙の動物に関して都合がいいのはその点だった——濡れないかぎり、現実の生き物より面倒を見なくてすむ。たとえばフェンネルだ。散歩も風呂も汚したあとの掃除も必要ない。餌やりも。

（鷹はなにを食べるの？）と考え、窓からひっこんだ。朝食用のテーブルから正方形の紙を一枚とり、鳴き鳥を折る。命を吹き込むと、窓をあけて春の空気の中へほうりだした。小鳥はつかの間ぱたぱたと行ったりきたりしてから、ベイリー師の敷地の端にある生け垣に向かって飛んでいった。

すると、鷹は本物の猛禽と同様にさっと舞いおり、長い紙の鉤爪で鳥をさらった。それから家のほうへ滑空し、まだ紙の鳥をつかんだまま、一階の窓のひとつに近い場所に止まった。

ベイリー師の執務室。

シオニーはぱっと口もとに手をやった。（あの人、知ってるんだわ）四方八方から戦慄が襲いかかってきた。最初の数日、邸宅で鷹を見なかったのは、ベイリー師がまだ作っていなかったからだ。この窓を離れる鳥たちを見たに違いない……あるいは窓に近づく生き物を。エメリーからの手紙を。ベイリー師なら守秘の術を破ることができる。そうすればシオニーとの関係があきらかになる……

窓ガラスからあとずさった。エメリーは手紙を書くのをやめていなかった。ベイリー師が途中で横取りしていたのだ。人の手紙を読んでいた。ベイリー師は――

フライパンで熱した油さながらに、シオニーの中でなにかがはじけた。燃えたぎる怒りに、不安はあとかたもなく消え失せた。顔が紅潮する。鼓動が速まった。

「よくも！」シオニーは叫んだ。寝室から飛び出し、靴をはいていない足で廊下の床板を蹴り、二階分の階段を勢いよく駆けおりる。かんかんになってベイリー師の執務室に大股で近づき、戸口をあけはなった。

室内は無人だった。鷹は窓の外に止まったままだ。

シオニーは部屋に駆け込み、机の上を見渡し、引き出しを次々とあけていった。いちばん右下が動かなかった――鍵がかかっている。

襟の下に手をやって首飾りを探る。すばやく言葉をつぶやいて精錬師になった。錠前に親指を押しつけ、合金でできているようにと願いながら命令を下す。「外れよ」

錠がカチッと鳴り、シオニーは引き出しを力まかせにあけた。中にはくしゃくしゃになった色とりどりの紙が入っていた。一度は折ってあったが、いまでは皺がついているだけだ。シオニーとエメリーの筆跡がびっしりと記されている。

紫の紙を引き出し、手で皺をのばした。

試験の準備で忙殺されているのだろうな。がんばりすぎないことだ。きみは頭がいい、合格するはずだ。ときにはゆっくり過ごすのを忘れないように。この蝙蝠《コウモリ》がそんなに遠くまで届けられるようなら、これが役に立つといいが！　どうしているか知らせてくれ。私は心配性なのでね、いとしい人。

口がひらいた。においを嗅ぐ。シオニーは紙を裏返し、また表に返して、いちばん下に茶色いしみを見つけた。チョコレートだ。エメリーはなにを送ってきたのだろう？

そしてどれだけ前に？

青緑色の紙を広げる。

図書室の棚を本の厚さ別に並べ替えようと思っている。どう思う？　さっと読めるものは一カ所にまとめ、分厚い書物（きみのお気に入りだ）はすべて別の場所に置く。

かつて鶴だったオレンジ色の紙には、シオニーの筆跡で書いてあった。〝あなたのことが心配なの。どうして手紙をくれないの？　なにかあった？　助けが必要？〟

まるめてある灰色の紙はエメリーの字でこう読めた。〝きみの邪魔になっていないことを祈る。あるいは部屋を替わっていないことを。枠にとらわれずに考えることを忘れないように。きみを信じている、シオニー。それから、私は急にクルミアレルギーになったか、今日食料品を届けた若者が着ていたなにかのウールに反応したらしい〟

別の白い蝙蝠には書いてあった。〝サラージが目撃されたことをアルフレッドが確認した。警官にきみの家族を見守らせ、一日に数回わが家の訪問者も監視させているそうだ。最新情報があったらまた伝える――〟

「なにをしている？」ベイリー師の鋭い声が戸口から響き、シオニーはぱっと立ちあがった。相手の青白い肌が赤らみ、肩はこわばっていた。つかつかと近寄ってきて、シオニーが持っている紙に手をのばす。「これは不法侵入だ――」

「だったらこれは窃盗よ！」シオニーは壁に反響するほどの大声で叫び返した。ベイリー師に紙を渡さないよう手をひっこめる。

「窃盗！」折り師は繰り返した。「自分の地所で？　ささやかな秘密を隠したければもっと努力すべきだったのではないかね。通報されなかったことを幸運と思いたまえ、シオニー・トゥィル！」

「どうぞ！」シオニーは言った。「通報しなさいよ！　規則書を読めばいいわ、プリット。わたしは悪いことなんかしてないし、あの人だってそうよ。なぜわたしがここに送られたと思ってるの？　どうしてあなたみたいに不愉快で鼻持ちならない人と同じ屋根の下に暮らすのをがまんしてると思うの？　公平になるようによ！　あなたなんかにその概念を理解できるはずがないけど！」

椅子をずらして、盗まれた手紙の残りをさっと抱えあげる。ベイリー師がまたもやひったくろうとしたが、シオニーはつかまれる前にあとずさった。

「ねえ、あの人のせいじゃないのよ」煮えくり返る思いで言う。「あなたが四六時中そんなにふさぎこんで腹を立ててるのは、セイン師のせいでもわたしのせいでもないわ。自分のいやな気分を増幅してるだけ。そっちがどんどん不機嫌を育ててるんじゃないの！」

折り師は目をみひらいた。

「どうして誰にも好かれないのか不思議なんでしょう」シオニーは吐き捨て、机をよけた。戸口に突進し、廊下に逃れる。ベイリー師は追いかけてこなかった。

ぐちゃぐちゃになった手紙の束を探りながら、息を切らして階段にたどりつく。階段のてっぺんにベネットがいて、心配そうな顔つきで吹き抜けをうかがっているのが見えた。なにを耳にしたのだろう？　これだけ離れていれば細部は聞こえなかっただろうが、どなり声は届いたに違いない。

視線を合わせた。ベネットのまなざしがきりきりと食い込んでくる。目をそらし、また見返した。深く息を吸い込む。手紙を集めてスカートのポケットに押し込むと、執務室へ戻っていった。

ベイリー師は窓のほうを向いて座っていた。眼鏡を頭の上に載せ、片手で右のこめかみをさすっている。

シオニーが口をひらくと、相手はびくりとした。

「あの……いまのはちょっときつすぎたと思うわ」冷静さを保とうとして、背筋をぴんとのばす。「そのことは謝ります。もっとも……こっちを許す気は毛頭ないけど」机に向かって手をふってみせた。

ベイリー師は無表情に目を向けただけだった。眼鏡なしでちゃんとこちらが見えているのかどうかさえ定かではない。

「あなたは頭のいい人よ、ベイリー先生」シオニーは言った。「大成功を収めてるのだって歴然としてるわ。ベネットはあなたのことを褒めてるし、あの人を疑う理由があったことは一度もないの」

「その発言になにか意味があるのかね、ミス・トウィル？」ベイリー師はたずねた。

「わたしが言おうとしたのは、あなたにも長所があるってことよ。それをいいことに使ってくれればいいのにって思うだけ。こんなふうに他人の生活に干渉したって満足できるはずがないわ」

ベイリー師は鼻を鳴らした。

「不当な評価だと思ってるのね」シオニーは腕組みした。「でも、そっちがわたしを不当に評価してるのよ。会いもしないうちから判断してたでしょう、プリットウィン・ベイリー。絶対にそうよ。わたしはただ、ふたりともこの面倒な状況でなんとかうまくやっていけたらいいのにと思ってるだけ」

出ていこうと向きを変えたものの、躊躇した。背後をふりかえってつけくわえる。

「それから、もしわたしへの個人的な感情で魔術師試験の結果を変えるようなことがあったら、きっとわかりますからね。そうなったらこっちが内閣に通報するわ」

一瞬反応を待ったが、なにもなかったので部屋を出た。さっきよりずっとゆっくりと、落ちついた足取りで階段に戻っていく。手紙をつめたポケットに片手をすべりこませた。あの鷹が敷地を偵察している状態では、ここから鳥を送るわけにはいかない。そこで、化粧用の手鏡からエメリーの家の洗面所をのぞきこんだ。壁にタオルはかかっていない。洗面所の壁越しに音が伝わってくることもなかった。

「停止せよ」と告げ、手鏡を閉じる。敷地を出てから鳥を送ればいい。切除師を捜さなければならないし、今回はどちらも対決したあと逃げ出すことはないだろう。

第十四章

自由に使える紙飛行機は持っていなかったし、後ろ暗い行動にこれ以上ベネットをつきあわせたくなかったので、シオニーはエールズベリーに自力で行く方策にとりかかった――きれいな鏡を見つける必要もなく、さっとエールズベリーから出られる手段である。

『実習生用練り術参照ガイド』に載っていた術を思い出す。モーガン図書館で借りたものの、返却期限をだいぶ過ぎてしまった本だ。ベイリー師邸への引っ越しは折り術のためだったとはいえ、ほかの物質魔術の参考文献や資料をすべて残してくるには忍びなかったのだ。実際、三分の二ぐらいは旅行鞄の底につめこんで持ってきていた。

シオニーは目次をざっと見ていったあと、八四ページをめくった。章題〝移動〟の下に〝迅速な足さばき〟という見出しが書いてある。

慎重にその術を復習した。一度もやったことのない術だし、しくじったら鏡で移動しなければならなくなる。それもエールズベリーでまともな鏡が見つかればの話で、探すのには時間がかかるだろう。

まるいゴムのボタンを数えたところ、自分の靴のサイズではふたつ足りなかった。つまりフェンネルの足から二個借りなければならないということだ。練り術用両刃メス《ランセット》——唯一持っている練り術用具——を使い、こちらに半円、あちらに切り込みという具合に、細心の注意を払ってボタンを刻んだ。うっかり間違えたため、あとふたつフェンネルのゴムの足当てを借りるはめになった。ようやくボタンを床に置き、両方の靴に五つずつ、本に示されている特定のジグザグ形に並べる。それから、いちばんはき心地のいい靴をその上に乗せて命令した。「接合せよ」

ゴムは吸いつくような音をたてて靴底に接着した。シオニーはうまくいくよう願いつつ靴をはいて言った。「速まれ、二倍に」

普通に歩く速度でひとあし、ふたあし進む。ところが、気がつくと二倍速く部屋の反対側に着いていた。シオニーはほっとしてにっこりした。「停止せよ」靴に命じると、ほかの術の準備を整え、ピストルと一緒にハンドバッグにしまいこんだ。もう弾丸は一発分しか残っていない。鍛冶場を利用する機会さえあったら。精錬師には狙った的に弾を命中させる術があるが、そういう術はとかした金属から作らなければならず、そんな真似をしている時間はなかった。今日は無理だ。

残りの物質と術を鞄に入れ、召使い用の階段を通って一階におりると、裏口から館を出た。靴に術をかけたおかげで速度が十倍になり、十分足らずでセントラルロンドン鉄道駅に駆けつけた。ぎょっとした通行人は十人どころではなかった。


シオニーはエールズベリー町役場の施錠された部屋の外に立ち、ドアに耳を押しつけた。警官の声は不明瞭にしか聞こえてこなかった。誰も怒って役に立つ情報をどなったりしていない。向かいの壁にかかった時計は四時三十六分を示していた。

町役場へきたのは二番目だった。まず州長官事務所に行き、通りの反対側で警官たちが自動車から出るのを見たあとだ——エールズベリー程度の町には多すぎるような人数だった。ひとりの制服にロンドン警察の記章がついていたことでぴんときた。ヒューズ師の部下だ。そしていま、その警官たちはこのドアの奥に座り、刑事省の一員としか思えない年輩の男となにか重要なことを話し合っているのだ。

鞄を探りまわして親指の爪の二倍ぐらいのちっぽけな四角い鏡をひっぱりだす。見られていないことを確認してから、首飾りをつまんで呪文を唱え、玻璃師になった。ドアの下に鏡を差し入れる。部屋に集まっている人々の目につかないよう、ドア枠の近くに。

そしてその場を離れた。

遠くへは行かず、廊下のつきあたりでかどをまがっただけで足を止めた。椅子が二脚あり、曇りガラスのはまった事務室のドアの外にシダが置いてある。腰をおろして帳面をひらき、あの部屋で自分に関係のある事柄が話し合われているあいだ、少しでも勉強しようとせいいっぱい努力した。

隣の戸口に、まだまるめたままの新聞紙が立てかけてあるのが目についた。〝教育委員会〟という字が大きなブロック体で読める。

シオニーは戸口を見やった。中には電灯がついておらず、ひらいた窓から陽射しが入ってきているだけだ。たぶんなにかの事務室だろう。

椅子の肘掛け越しに身を乗り出し、新聞をつかんで広げる。問題の記事にはこう書いてあった。「魔術師内閣教育委員会、異性間の実習に反対する裁決を下す」副題は「委員会の見積もりでは百人以上の実習関係が解消される。新裁決は九月十四日に施行」

シオニーは蒼ざめて記事を読みはじめた。（どうしよう、名前のリストが載ってる）

最初はざっと読み、四段の記事に〝セイン〟や〝トウィル〟が言及されていないかと探したが、見あたらなかった。半分だけ息を吐き出し、玻璃師ブライアー・ピータース師についての短い概要を読む。去年スコットランドで、彼女と実習生との関係が全国的な不祥事に発展した――

「彼女と実習生？」シオニーはささやいた。ふたりの年齢はいくつだろうと考えたが、記事には書かれておらず、実習生の名前もなかった。少なくとも、公然と恥をかかせるのはふたりのうち一方だけにしようとこの新聞は判断したらしい。

書き手は精錬師ジュマーン・イボーリ師にもふれていた。実習生と不倫関係を持ったと糾弾されている。もっとも、確証はまだ得られていないという。

（変更の原因になったのはこのふたつの不祥事だけ、それともほかにもあったの？）またエメリーとジーナのことを考える。

記事全体を読んだ。新たな規定はタジス・プラフの新しい学年の開始に合わせて発効する。それによって大部分の実習生は一年の区切りかその近辺で配置換えされることになるため、移行が楽になるだろうということらしかった。

九月十四日。たった三カ月後だ。今回魔術師試験に受からなければ、当然配置換えされることになる。短い時間にすぎないが、そう考えてもなぐさめにはならなかった。

シオニーは自分を奮い立たせて新聞をまるめ、ドアの前に落とした。エメリーは今日の新聞をもう読んだだろうか。あの記事についてどう思っただろう。

五十八分後、廊下の先のドアがひらく音がした。椅子から立ちあがってかどからのぞき、警官六人と年輩の紳士が部屋を出て建物の正面に向かうのをながめた。ロンドンの警官のうちふたりが互いにささやきかわしていたのをのぞいて、誰も口をきかなかった。

一同が立ち去るのを見送り、二十数えてから廊下を戻っていく。近くに誰かいるか確認し、見あたらなかったので室内に忍び込む。さっきの鏡がひどく古びた敷物の端に載っていた。拾いあげてそそくさと建物を出る途中、警官のひとりを追い越したが、ちらりと一瞥《いちべつ》されただけだった。まあ、町役場にある行政部門はひとつだけではない。どこからでも出てきた可能性はあるのだ。

シオニーは通りの先の教会へ急ぎ、外のベンチの静かな場所を確保してから、手にした鏡に魔法をかけた。「映し出せ、過去を」鏡の銀色の表面が示したのは白い天井だけだったが、警官たちの声は聞こえる程度に明瞭だった。

ひとりの男が語るカントレル師の死の様子に聴き入る――ひるまずにはいられない話だった。あらゆる細部に耳をかたむける。どんなことでも聞き逃すわけにはいかない。

別の声がエールズベリーで二日前に逮捕されたインド人男性のことを話した。その人物は結局、悪名高い切除師と似ているだけの実業家だった。それから、所持している自動車の助手席で血を抜かれた遺体が発見されたクリフ・プレストンソン氏の話が出た。

「財布と書類鞄は見つかりませんでした」バスの声が説明した。「われわれにわかる範囲では、その紙幣は一枚もエールズベリーで使われておりません」

テナーの声がつけたす。「しかし、目撃者によると、襲った人間は――プレンディの特徴に一致しています――プレストンソンの車を放棄し、そのあと二台ためしたあと、A型フォードのエンジンを始動させたそうです。思うにプレストンソンの体に鍵が見つからなかったのではないかと」

「待て、目撃者？」別のテナーがたずねた。

「小官の報告書に載っております」男は答えた。「名前は非公開にしてほしいとの要望ですが、その女性は車外に出たプレストンソンをインド人の男がつけていき、首根っこをつかんだところを見たそうです。目撃者はナイフを見ませんでしたが、プレストンソンは刺されたかのように反応したとのことでした。襲撃者はプレストンソンを車の助手席にひきずりこみ、十五分ほどたってから出てきました。そのままフォードを盗み――これはアーネスト・ハッチングズの所有する車で、本人の陳述はここにあります――幹線道路を通ってブラックリーへ向かったということです」

（ブラックリー）シオニーはみぶるいして思った。ブラックリーはロンドンとエールズベリーの北西に位置している。

「いつだ？」二番目のテナーがたずねた。

バスの声が答えた。「今朝の四時です」

シオニーは鏡を手のひらに隠し、ベンチから立ちあがった。結合をゴムに替え、ブラックリーへと出発する。練り術の歩調で進めば、警官たちより先に町に到着するのではないかと考えた。

それがいいことなのかどうかはわからなかったが。


この術は爽快だった。

頑丈なものに衝突しないよう町をよけ、魔法の靴でひょいひょい歩いていくと、世界は色と音のモザイクに変わった。もっとも、ストラットンオードリーの近くでホリネズミの穴につまずいてしまったのは事実だ。一歩進むたびに皮膚がはりつめ、スカートが後ろにはためいた。慎みを保つため、シオニーは両のこぶしでスカートを押さえつけた。

ヒューズ師が練り師になったのはこういう術が理由なのだろうか。

目的地には早めに着いた。エールズベリーの北西に位置するブラックリーは小さな町だった。整備された公園に到着し、端にある木のブランコの近くに行くと、すぐにシオニーは靴から術を外した。

まだ太陽は沈んでいなかったが、夕暮れどきのオレンジ色に変わっており、町はそのせいで同じ色に染まって見えた。公園の先で手編みレースの店と生地店を通りすぎる。ブリッジストリートには小さな食料雑貨店と宿屋があり、ズボンつりをした男が数人で、一頭の馬が引く荷車に動物の餌らしきものを積み込んでいた。

さらに進んで市場を抜け、赤と青の煉瓦で建てた家々と救貧院、ウダード英国教会学校の前を通る。この時間に学校の敷地にいる生徒はひとりだけだった。ベンチに腰かけて数学の教科書を読んでいる。

インド人の男を見かけなかったか、とくにA型フォードを運転している男を、とたずねてみたが、見なかったという答えだった。

日が低くかたむき、シオニーは物陰にはりついた。髪を隠す帽子を持ってくればよかった——このあざやかな色はきっとサラージに気づかれてしまうだろう。まあ、ブラックリーで見かけるとは予想していないだろうが。まだ意外性の利点はこちらにある。

首飾りのチャームをいじりながら、小さな病院の周囲をまわった。東側の足場から改築中だとわかった。次の交差点をのぞき、一列のアパートと砂岩の色をした教区教会をながめる。A型フォードが通りの向かい側に駐車していた。

身をこわばらせ、平屋の図書館に近づいて、入口の上に張り出した煉瓦のアルコーヴの下に足を踏み入れる。あれがサラージの車だろうか？　警官は自動車ナンバーを口にしていなかった。もう一度ガラスを見てみるべきかもしれない。

エンジン音に気がつくと、二台目のA型フォードがかどをまわってきた——それともC型だろうか。運転手は山高帽をかぶって赤褐色の髭を生やしている。車が通りすぎたとき、ひらひらしたピンクの服を着た乗客の女性がなにかの冗談に笑い声をあげた。

(役に立つ手がかりね、シオニー)と考える。(たぶんこの町の人口の半分はフォードを持ってるでしょうよ!)

アルコーヴにもう少しとどまり、最初の自動車を観察していると、やがて若い男が本を二冊小脇にかかえて図書館から出てきた。通りすがりに帽子をあげて挨拶されたので、シオニーは図書館に入っていった。

今日の新聞を読んでいる身なりのいい紳士を通り越し、机の奥にいる司書に近寄って声をかける。「すみません、人を捜してるんです。インド人の男性で、たぶん四十歳ぐらい? やせていて背が高くて——病院の外でお財布を落としたんですけど、行った方角を見てなかったので」

司書は——白髪まじりの髪をアヴィオスキー師が好むようにきっちりまとめた年配の女性——かぶりをふった。「それなら憶えていると思うけれど……スペイン人じゃないのはたしかなの?」

「マリオはブリッジストリートに住んでいるわ」と司書は説明した。「マドリード出身で、奥さんと小さいお嬢ちゃんと四年間ここにいるの」

「スペイン人？」

「あの……もしかしたらその人だったかもしれません」シオニーは言い、女性が紙切れに走り書きしてくれた住所を愛想よく受け取ろうとつとめた。襟の下にさしこんでブラジャーにはさむ。スカートのポケットは術でいっぱいだったからだ。

ブラックリーの通りを歩いていきながら、鞄に入った術を手で数え、ときおりピストルの握りをなでた。ぐるりと一周して公園にきたころには、暗くなりかけて足がずきずきしていた。今度は古びた救貧院の隣へ続いている別の道を選ぶ。明かりのついた窓越しに救貧院の雇い人が何人か見えたが、少しでもサラージに似ている男はひとりもいなかった。

フォードがライトをつけずに走りすぎ、シオニーはぎょっとした。運転手は中年の白人男性だった。

道を渡って別の住宅街をくねくねと戻っていき、足を止めて庭仕事をしている女性にサラージのことを訊いたが、やはりなにも見ていないと言われた。夕闇が濃くなってくると念火師になり、念のため右手にマッチを持った。人目につきたくないならサラージは人通りの多い道を避けるかもしれないと考え、注意深く家々を調べていく。

太陽が地平線に四分の三沈んだとき、鳥を送り出して情報を集めてこさせようかと思ったが、その危険を冒す勇気がなかった。

シオニーは白塗りの柵の後ろにしゃがみこんでリンと紙をつまみ、折り師になった。長い紙を一枚出して手でまるめ、「拡大せよ」と命じる。

望遠鏡に目をあて、かろうじて残っている光で周辺を探った。二、三の窓さえのぞきこむ。何軒か先で犬の散歩をしている男が疑いのまなざしを向けてきた。シオニーは赤くなって望遠鏡をおろすと、通りを進み続けてかどをまわり、学校の近くに出た。

ふたたび望遠鏡でうかがうと、学校の裏にもう一台無人のT型フォードが見えた。その場所を心に留め——

望遠鏡をごくわずか上に向け、学校の裏の壁を視野に入れて、シオニーははっと息をのんだ。さっと向きを変える動きが——黒髪がひらめき、黒っぽいコートがひるがえった——目にとまったのだ。しかし、なにを見ているのか気づいたとたん、男は裏口のひとつに姿を消してしまった。

望遠鏡をさげて手の中で自然にひらかせ、術を解く。胸で心臓が早鐘を打っていた。おなじみの不安がちくちくと皮膚を刺したが、無視する。ライラ。グラス。前にもやった。もう一度できるはずだ。誰よりも態勢が整っているのだから。あと一度念火師の術を使えばすべてけりがつく。

　前にも殺したことはある。またできるはずだ、きっと。

　まだ脈は速かったが、リズムが変わったようだった。なじみのない響きに聞こえる――感じられる――まるで別の人間の中に踏み込み、その肉体を自分のものとして動かしているかのように。

「大地によって作られし物質よ」とささやき、学校のほうに進みながら、首飾りについているマッチの木の軸をつまむ。「扱い手が汝を呼ぶ。汝を通じ結びつくがゆえにわれと分離すべし、まさにこの日に」

「人によって作られし物質よ」と続け、胸に手を押しあてた。「汝を呼ぶ。われが汝と結びつくがごとくわれと結びつくべし、まさにこの日に」

　マッチをすって言う。「人によって作られし物質よ、作り手が汝を呼ぶ。われが汝と結びつくがごとくわれと生涯結びつくべし、わが命つきて大地に還るその日まで」

　炎を手でくるみ、学校の青々とした芝生に踏み込む。手のひらと腕に熱が放射された――ぴりぴりするが火傷するほど熱くはない。マッチを指から落としたが、ちっぽけな炎は手のひらに乗せておいた。

サラージはドアを細くひらいたままにしてあった。把手を引いてもっと広くあけ、鎧戸のない窓からぼんやりとした光がまだらに落ちている暗い廊下に入っていく。まだ靴底にくっついているゴム当ての上で平衡をとりつつ、そっと歩いた。手の中に隠れている炎のせいで、指の隙間が赤く光る。

かどをまわった先で足音がした。片足を止めたとき、反対側の靴がごくかすかにきしむ音だ。向こうは耳をすましている。待っている。ここにいるのを知っているのだ。

シオニーはかどまで近づいた。肩を煉瓦に押しつける。こぶしを口もとに持ちあげてささやいた。「燃えあがれ」

足音がふたたび響き出し、動きを速めた。どんどん大きくなる。こちらへ向かってくる。

シオニーはかどをまわって突進した。いまや炎は手からほとばしり、廊下の先まで金色のまばゆい輝きを投げかけている。襲ってきた相手と、その手から放たれた破裂の術が照らし出された。

その光で姿が見えた。短く切った黒髪、濃灰色のコート、緑の瞳に反射した炎。

喉もとまで出かかっていた「発火せよ」という命令をわめくかわりに、シオニーはぴたりと立ち止まり、かすれた声をあげた。「エメリー？」

第十五章

エメリーは目をみはった。よろめいて叫ぶ。「停止せよ！」

振動している破裂の術は空中から落ち、無害なまま床にぶつかった。

ふいに体が自分のものに戻り、シオニーはずしんという大きな衝撃を感じた。学校の壁がさっきよりしっかりと感じられ、鼓動はせわしくても安定していた。

体がほてり、同時に鳥肌も立った。頭の中が斜めにぐるぐるまわっている。「こ、ここでなにをしてるの？」

エメリーの瞳はみひらいたままだった。一歩進み出る。「シオニー――」

「髪を切ったのね！」シオニーは声をあげた。

相手は足を止め、眉を寄せた。「そして……きみの手には火がついている」

シオニーは目をぱちくりさせ、まだ手のひらで燃えている炎を見た。「停止せよ」と言うと火は消え、ごくかすかな煙だけが残った。

炎が消滅した直後、エメリーはシオニーの二の腕をつかんで近くの教室にひきずりこんだ。一枚板のドアを後ろ手に閉める。三ヵ所の長方形の窓から青い黄昏の光が入ってきていた。ひとつには鍵がかかっていない。たくさん並んでいる机のひとつに腰がぶつかった。教室の前にある黒板には、半分消されたアルフレッド・テニスン卿の詩からの課題が書いてあった。

「なにを」と言いかけたものの、エメリーは頭をふってこめかみをさすった。目を閉じ、またひらく。「まったく、どこから始めたらいいかさえわからない」

「じゃあわたしに言わせて」シオニーは応じた。「ここでなにをしてるの？」

「同じ質問を返したいところだ」

シオニーは額に皺が寄るのを感じ、目をきゅっと細めた。「サラージの件でここにいるんでしょう？　追ってきたのね」

「私の癖でね」紙の魔術師は答え、コートの袖をまくった。たちまちまた手首まで落ちてしまう。「きみがブラックリーに買い物にきたとはとうてい思えないぞ、シオニー！　約束しただろう、もう――」

「わたしが約束した？」シオニーは問い返した。「約束したのはあなたでしょう！」

エメリーは答えようと口をひらき、閉じた。短い髪をかきあげてから、意外にも笑い声をたてる。「どうやらわれわれはふたりとも最低の人間らしいな」

シオニーは肩を落とした。「そうみたいね」

相手は目を合わせてきた。「では、それで私の手紙を避けていたのか？　このことを……隠すために？」身振りで教室を示す。

「違うわ！　わたしは別に……」と言いはじめたものの、内容を変えた。「ベイリー先生がわたしたちの手紙を横取りしてたの。今日、もっと早い時間に執務室で見つけたのよ。命を吹き込んだ紙の鷹に敷地を偵察させて、動く紙はなんでも攻撃させてたの」

エメリーはふたたび指で髪をかきあげた。唇から低い笑い声が洩れる。「まあ、そういうことならほっとした」

「ほっとした？」シオニーは背筋をこわばらせて繰り返した。「あの人は手紙を読んだのよ、エメリー！　わたしたちのことを知ってるんだから――」

「どうでもいいさ。プリットはもとから穿鑿《せんさく》好きだった。ただ、うまく出し抜いたつもりでいたが」またくっくっと笑う。「それなのに私は、きみの気が変わりはじめたのかと思っていた」

シオニーは自分も心がやわらぐのを感じ、ほほえみさえした。「わたしも同じことを心配してたわ」

エメリーは腕を組み、壁際にすえてある臍《へそ》の高さの本棚によりかかった。「さっきの花火について説明する気はあるか？」

シオニーは蒼ざめた。

「あれには……手を出さないつもりだと言っていたはずだが。病院のあの日のあとで……」

「わかってるけど……どうしてこういう知識を活用しないでいられるの、エメリー？あんな秘密を無駄にできるわけがないわ」

「どうしてきみが追究しないなどと思えたのだろうな？」エメリーはシオニーにというよりむしろ自分に問いかけた。「念火師」信じられないというふうに軽く言い、額をさする。「玻璃師もか。この次は可塑師と同居していることになるだろうな」

シオニーは唇をかんだ。

エメリーは姿勢を正した。「可塑術も？　それに……練り術？　精錬術？」

うなじをこすってシオニーは言った。「その全部よ」

一瞬、彫像のように立ちつくしてから、エメリーは表情を消した。「シオニー」墓石のように冷たく呼ぶ。「どうか言ってくれ、まさか――」

「やってないわ！」シオニーは必要以上に大きな声を出した。「切除術は別よ、エメリー。そのためになにをしなくちゃいけないか知ってるでしょう……わたしがそれをどう思ってるか」

「ああ、知っている」相手は降参して両手をあげた。「すまない。ただ……サラージのことでは、きみがどこまでやるかわからなくて――」

「そこまではしないわ」と答える。「絶対に」

ふたりはつかの間黙り込んだ。

「あいつはここにいるの？」シオニーはささやくように声を低めてたずねた。

エメリーは首をふった。「さあ。ブラックリーにいるのではないかと疑っている。放課後だ――この建物には人がいない。安全な隠れ家だが、たしかな証拠はない」

「ヒューズ師の指示できたの？」

「はは……違う。約束を破ったのは完全に自分の意思だと請け合うよ」まじめな顔になる。「シオニー、どんなにきみにここにいてほしくないか、説明する必要はないだろう。人のことを言えない立場でなければ、かんかんになっているところだ」

「同じよ」シオニーは悪意をこめずに言った。「でも思うんだけど……たぶんサラージがブラックリーにいる理由は、カントレル先生を殺したあとロンドンに向かったからよ」

精錬師の名前を聞いて、エメリーはうつむいた。

シオニーはさらに一押しした。「あのね……先に約束を破ったのはこっちかもしれないわ。わたし……レディングであいつに出くわしたの」

エメリーの顔から血の気が失せた。前に踏み出して、シオニーの肩をつかむ。「きみがなんだと？　シオニー――いつ――私は――なにがあった？　あいつは――」

「さわられてはいないわ」シオニーは請け合い、手をあげてエメリーの顎にふれた。こんな状況にもかかわらず、間近にいるのはすばらしい気分だった。なんというか……安全だと感じる。「そのときたまたま念火師だったの」

相手は深く息を吸ってシオニーを離し、また髪をかきむしった。「念火師。なるほど。なり方を知っていたからか……いやはや、シオニー」

「でも、サラージはわたしを狙って戻ってくると思うの」エメリーの顔に不安や非難が浮かんでも見ないですむよう、目をそらして白状する。「あいつはこれが遊びだと思ってるのよ、エメリー。わたしが遊び相手なのかもしれないわ。あと、結合を解けることも知ってるの。かなり痛手を与えてやったけど、充分じゃなかったから」

「ここを出るぞ」エメリーは手をつかんできた。「頼む、シオニー。一緒にきてくれ」

抗議が喉もとまで出かかった。こんなに遠くまできたのに。あれほど準備したのに。

できるはずだ。デリラのため、アニスのために。自分にはその力がある。それがわからないのだろうか。

エメリーの瞳を見ると、目尻がつりあがり、中央は光っていた。

そのとき、どれだけ力があろうと、周到に準備しようと、エメリーは安心できないのだと悟った。傷つき打ちひしがれた心。なによりもその恐れをなだめてやりたい。もう一度回復させてやりたい。

(わたしは約束を破ったわ)と考える。(この人の行動はともかく、わたしは約束を破った)

うなずくと、エメリーは重い溜め息をついた。ドアの把手に手をのばす。

「どこにいたの?」把手がまわる前にシオニーはたずねた。エメリーが動きを止めたので、意味をはっきりさせる。「先週あなたを探しに家に行ったの。レディングのことを話そうと思って。でもいなかったわ。どこにいたの?」

相手はこちらをふりかえった。「もっと具体的に言ってくれ」

「火曜日よ」と言う。「手がかりを探して……待ってみたけど、あなたは帰ってこなかったの。窓台に手紙を残しておいたわ」

小さな笑みがエメリーの唇をかすめた——あろうことか照れくさそうな微笑と言って

いい。いまだかつてこんな表情を浮かべたところは見たことがなかった。「散歩に出ていただけだ」

「散歩なんかしないくせに」（どうして嘘をつくの？）

「暇をもてあましていたのでね」

「エメリー・セイン」

　相手はたいして顔を動かさずにあきれた表情をしてみせた。ささやかな苛立ちのしるしだ。「きみのご両親と一緒にいた、シオニー。厳密には父上と」

　シオニーはまばたきして力を抜いた。「警告するためね。みんな無事なんでしょう？」

　エメリーは一瞬ためらい、ほんのわずか当惑したように見えたが、結局うなずいただけだった。「きちんと保護されている」

　温かいココアのような心地よいぬくもりが体に広がった。「ありがとう、うちの家族の面倒を見てくれて。すごく大事な――」

　鉄のにおいのする赤い煙が部屋にあふれ、その言葉をさえぎった。エメリーが身を硬くして手をのばしてきたとき、シオニーの頭にごつんと激しい衝撃が走り、部屋が真っ暗になった。

最初に気づいたのは埃のにおいだった――乾いた金くさい腐敗臭。それから、後頭部がずきずきして首筋がこわばっているのを認識する。あざでもできていそうな痛みが両腕と胴体をきつく締めつけていた。薄暗い光に瞼を刺激され、目をひらいてまばたきする。喉からうめき声が洩れた。

そこは細長い四角形の部屋で、長いモスリンの布がかかった丈の高い窓が並んでいた。大きな茶色いタイル。ドアの近くの隅に、折りたたんだ病院のベッドが寄せてある。支柱が二列室内を横切っており、そのうちのひとつに縛りつけられていた。一見したところ、部屋にはほかに誰もいないようだった。

つるつるした紐に逆らい、何度かむなしくもがいてから、腐敗臭の出どころがそこだと悟った。薄暗い光のもとで、袋の布めいた色や平たさ、半透明な感じなどをじっと観察する。まるでソーセージの皮のようだ。

喉に胆汁がこみあげ、ようやく飲み下した。その努力で鼻の奥がひりひり痛んだ。腸。しかも豚や牝牛のものではありえない。人間が作り出すのは人間だけだ。切除術は人間にしか術をかけられない。

（サラージね）頭をあげて室内を探ると、宙に浮かんだちっぽけな球があたりを照らしていた。赤ん坊のこぶしほどの大きさで、めいめいに環状の光っていない部分がある。緑、青、茶色。それが眼球だと気づいてシオニーは唇をかんだ。ありったけの自制心を発揮し、無言の祈りを捧げたおかげで、かろうじて胃の中身をぶちまけずにすんだ。

　はらわたが両腕をきつく脇に縛りつけているが、手首をほんの少し前後に動かせる。スカートのポケットをひっぱり、親指と人差し指をすべりこませた……だが、中はからだった。もう一方もだ。鞄はなくなっている。

　腐りかけた腸を見おろして、もうひとつ思い至った。縛りあげるには……この病院に運んでくるには……サラージは自分にふれたのだ。

　そう考えると涙があふれ、全身の骨が凍りついた。体をふるわせる。胃酸が喉を焼いた。（どうしよう、さわられたわ。わたしは死ぬ。死ぬ）

（エメリーは）

　体を縛っている腸に抵抗する。もう一度室内を見渡し、紙の魔術師を探した。呼吸が速くなった。二粒の涙が頬を伝い落ちる。サラージに殺されたのだろうか。逃げただろうか。エメリー……どこに……？

　斜《はす》向かいの別の柱の列にその姿が見えた。同じように縛られていたが、窓のほうを向いている。体のほんの一部しか視界に入らない。頭がだらりと前にたれていた。意識を失っているのだ。コートを脱がされ、スラックスのポケットが裏返しになっている。「エメリー！」シオニーは声を低く保とうと努力しながら呼びかけた。「エメリー、お願い、起きて！」

紙の魔術師はみじろぎした。切除師もだ。

「ずるをすると遊びはおもしろくないよ、子猫ちゃん」サラージのなまりのある声が右側から響いた。シオニーは腸の拘束に逆らい、階段に通じている別の戸口から相手が入ってくるところを見つめた。レディングのあと服を着替えたらしい。細身に仕立てた灰色のスーツを上着なしで身につけていた。シャツをスラックスに押し込んでいるあたりに真紅のしみが飛び散っていて、別の黒っぽい汚れが左膝を覆っている。

小声でなにか呪文を唱えると、シオニーを柱に縛りつけているつるつるした腸が動き、サラージと向かい合うように体を右側へ動かした。にやりと笑いかけられる。「きみのほうが僕のもとへくるのでは、追う楽しみが少しもないな」

シオニーはごくりと唾をのみ、ふるえる体のどこかに封じられている声を捜した。「あ、あなたは、あ、相手が遊び返すことには慣れてないみたいね」と言ったものの、その口調はひどく頼りなかった。

「サラージ」エメリーの声がした――いまではさっきより見えにくい。「おまえの相手は私だ」

サラージは声をたてて笑った。「いいや、違うね。きみはあっという間に不要になるよ、セイン」

心臓が激しくとどろき、シオニーは縛《いまし》めに抵抗して身をよじった。「サラージ、やめて！　わたしと取引してちょうだい、その人のことはほうっておいて！」

「規則を変えないでくれ、子猫ちゃん」サラージはたしなめるように指を一本あげた。「さて――」ポケットに手を入れてシオニーの首飾りをひっぱりだす。「――きみのささやかな秘密を教えてくれないかな？」

シオニーは凍りついた。

「グラスはずっと、たいそう……なんというのだったか？　むきになる？　むきになってガラスとの結合を破ろうとしていた。取り憑かれたようにね」サラージは首飾りのチャームをなでながら、柱の列のあいだをぶらぶらと歩いた。「成功したとは知らなかったよ。きみがひとりでその秘密を解き明かしたのなら別だが？」

言葉を切り、首飾りを顔の前まで持ちあげた。「ここには奇妙なものがいくつかついている。紙に対して木、ガラスに対して砂。油……それにマッチ？　すると、物質を作るものが秘密の一部だということかな。だが、どのようにして？」首飾りをおろして視線を合わせる。「どうするのか教えてくれたまえ、子猫ちゃん」

「シオニー！」エメリーは叫んだが、サラージが手をふると体を締めあげられ、言葉が続かなくなった。

「やめて！」シオニーは金切り声をあげた。エメリーの拘束がわずかにゆるむ。紙の魔術師はサラージは微笑して手をおろした。

あえぐような息を洩らした。

（殺される）シオニーは恐怖に襲われた。呼吸が速く激しくなる。頭上で天井がぐるぐるまわりはじめた。（殺される。お願い、エメリー。エメリーはやめて）考えるだけでも耐えられない……

だが、サラージに秘密を教えることもできなかった。そんな力を与えるわけにはいかない。こんな男に知られたら、この先どれだけ多くの人々が死ぬ？

エメリーか、犠牲になる人々か？

サラージを追いかけてくるべきではなかった。そもそも知識をためしてみるべきではなかったのだ。絶対に——

「チク、タク」サラージが言った。

「なにも教えるな！」エメリーが叫んだ。

シオニーは唇を引き結んだ。涙がぽろぽろと顔にこぼれおちる。

サラージは含み笑いすると、悠然とした足取りでこちらに歩いてきた。充分に近づくと、シオニーの頭の脇にある柱に片手を置く。

エメリーが拘束に逆らってもがいた——蹴りつけている脚が見える。「サラージ！」と叫んだ声が部屋じゅうに響き渡った。「手をふれてみろ、きさまの首を暖炉の上に飾ってやるぞ！」

「これがイギリス人の妙なところだな」サラージはシオニーにささやきかけた。その息が額をくすぐる。カルダモンとなにかの肉のにおいがした。「実行できない脅迫をしてくる」

歯を見せずに笑い、シオニーの耳の上で髪に指をすべりこませる。シオニーは顔をしかめてできるだけ体を離そうとしたが、サラージはあっさりと一房を二本の指に巻きつけ、うなり声とともに頭から引き抜いた。

シオニーは鋭い声をあげた。

首飾りと同じように指からオレンジ色の髪をぶらさげたサラージは、エメリーの悪態を無視した。「僕は冗談を言わない」と告げる。「愉快な人間ではないんだよ」

「滑稽だと思うわ」シオニーは吐き捨てた。

相手はほほえんだ。「ほう？　ではこうしたらさぞ喜ぶだろうな」

シオニーから大股で遠ざかる。エメリーに向かってだ。紙の魔術師を押さえつけている腸が動き、サラージ——とシオニー——に全身が見えるようになった。

本人とはわからないほどだった。真っ蒼な顔で、白目がむきだすほど瞳をみひらいている。首筋に血がひとすじ伝っていた。サラージに殴られた箇所から流れ落ちてきたのだろう。

サラージはしばらく低いつぶやきを続けた——あらかじめ準備していないかぎり、切除術の呪文はほかの術より長くなる傾向がある——すると、手に持った髪がぴんと硬くなった。ガラスのように鋭そうだ。

「子猫が歌うまでにどれだけ血が流れる必要があるかな？」サラージは問いかけ、その髪でエメリーの顎をなぞった。皮膚が裂け、赤く腫れた痕を残した。サラージはためらった。「しかし、子猫というのは歌わないものでは？」

「やめて！　やめてったら！」シオニーはどなった。

エメリーは切除師から目を離さなかったが、口をひらいた。「こいつになにも言うな、シオニー」

「その人を傷つけないで！」シオニーは泣きながら訴え、前後に身をよじった。腸はびくともしなかった。サラージがどんな魔術をかけたにしろ、がっちりと締まっている。

サラージは髪の刃をエメリーの肩に叩き込んだ。傷の周囲に血が噴き出してシャツにしみこむ。エメリーは悲鳴をかみ殺した。

シオニーは目をきょろきょろ動かして室内を探った。鞄でも持ち物でも、なんでもいい。助けになりそうなものはないだろうか。両手を柱に押しつけたものの、石に対してはなにもできなかった。腸にも、着ている服にも。ゴムはまだ靴底についている！　一瞬、希望がふくれあがるのを感じたが、いまは念火師で、変更する手立てはない。弱々しくポケットを叩き、ブラウスのボタンを調べる――

「お願い！」シオニーはあふれる涙越しにまばたきして懇願した。教えなければ――エメリーがいない世界では生きられない。生きていけない！

サラージは手を引き、まるで犬でもぽんぽん叩いてやるようにエメリーの頬を二回叩いた。エメリーはにらみつけた。

「知っているかな、子猫ちゃん。切除師なら、相手にさわりもせずに指を一本ずつ折ってやれるんだよ」肩越しにふりかえってサラージはたずねた。ポケットに手を入れ、錆びたペンチをひっぱりだす。「必要なのは爪一枚だけだ。骨をまげるのに同じ部屋にいる必要さえない」

手の中でペンチをひらいたり閉じたりして、エメリーに注意を戻した。「個人的には親指の爪がいい。つまり……なんという表現だったかな？　妙な癖でね」

シオニーが必死で体をくねらせてもがくと、後頭部でまとめた髪の一部がほどけた。涙で濡れた皮膚に毛がはりつく。エメリーはだめだ。エメリーはここにいるはずではなかった！　こんなことに巻き込まれるはずではなかったのに！

サラージがもう一度こちらを向いた。「ひょっとしたら情け深く殺してやるかもしれないな。たとえば、骨を一本ずつ折るかわりにガラスの破片を使って。しかしもちろん、きみが知っていることを話してもらう必要がある」

腸に縛られた体がふるえた。血のまじった水溜まりに横たわっているアニスや、縛りつけられた縄から白くぐんにゃりとぶらさがっているデリラの姿が脳裏にあふれる。溺れそうだ。

「わたし――」

「シオニー」エメリーが警告した。

（でもわたしはここにいるわ）と考えると、新たな涙が頬を滝のように伝った。（今回はここにいる。死ぬのをただ見てなんかいられない。ここにいるんだもの）

サラージは肩をすくめてエメリーの手をとろうとした。

「教えるわ！」シオニーは口走り、インド人の手を止めた。涙が喉に流れ込んで声がしゃがれる。「教えるけど、その人を自由の身にしなきゃだめよ！」

「シオニー！」エメリーが声をあげた。

サラージはにやにやしてペンチをひっこめた。「公正な取引だ。傾聴しているよ」

「まずその人を放して」シオニーは懇願した。

「きみたち英国人の駆け引きときたら」サラージは皮肉った。腕組みをしてエメリーから何歩か離れる。「きみに決める力はないよ、子猫ちゃん。だが僕はかなり機嫌がいい。魔術師の心臓はすでにひとつ持っている。あとひとつはまだ必要ない。解放してやるかもしれないな。だが、きみのほうは――」

「シオニー、もうひとことも口にするな！」エメリーがどなった。「そんな価値はない！」

「でも、あなたにはその価値があるわ」シオニーは応じたが、その声は小さすぎて相手に届いたとは思えなかった。ぐっと唾をのみこんで言う。「秘密はあなた自身よ」

エメリーが体を縛っている腸にぐったりともたれかかった。

サラージは片眉をあげた。「もっと具体的に言ってもらわないと」

「グラスが発見したのはそのことなの」ひとことと打ち明けるごとに、体の中がからっぽになっていく気がした。まもなく皮膚しか残らなくなるだろう。「自分の物質の天然原料と結合して、次に自分自身と、それから新しい物質と結合するの。そういうふうにやるのよ」

切除師は微笑した。「おもしろい。そのときの言葉は?」

シオニーは乾いた喉に唾をのみこんだ。「大地によって作られし物質よ、扱い手が汝を呼ぶ。汝を通じ結びつくがゆえにわれと分離すべし、まさにこの日に。最初の呪文はこれよ」

サラージは首飾りを持ちあげ、それぞれのチャームを見やった。続いて手にとり、つまんだりひねったりして調べる。その眉が寄った。「では、教えてくれたまえ、僕はなにと結合しているのかな?」

シオニーは沈黙して首飾りをながめた。エメリーに目をやる。サラージに視線を戻した。切除術に手を出そうとは夢にも思わなかったので、その問いは一度も考慮してみたことがなかった。

切除師は人間と結合することによって切除師となる——シオニーはグラスがデリラと結合するところを目撃した。だが、人間の天然原料とはなんだろう? 人が人を作る。どちらも同じものだ。いや、切除師が結合した犠牲者の両親と結合するなら?

だが、それでは辻褄が合わない。たとえ魔術を得るために殺した人間の両親をふたりとも見つけ出したとしても、両方と結合するのは不可能だ。

シオニーは目をぱちくりさせて唇をなめた。「あなたには……無理よ」

サラージの顔つきが険悪になった。「なに？」

首をふってみせる。「あなたにはできないわ。人間は当然人から作られるけど、天然原料なんてないもの。人間は……ただ存在するだけよ」唇に微笑が広がり、シオニーはサラージにというより自分に対してつけくわえた。「いったん切除師になってしまったら、そのままよ。変わることはできないわ。切除師にはほかの魔術が使えないのよ」

エメリーがおもてをあげた。瞳が頭上に浮かぶ異様な光を反射する。なんと微笑していた。

シオニーは声をあげて笑った。「あなたには使えないわ、サラージ。あなたにもほかの誰にも。切除師である以上、物質の力は決して手に入らない。ずっとそのままなのよ。いつまでも」

サラージの表情がけわしくなり、人とは見えないほどにゆがんだ。眉に皺が寄り、唇がつりあがって、歯のあいだに吸い込まれた頬がくぼむ。

「なるほど、では」サラージは低く不明瞭な声で言った。首飾りを片側のポケットに押し込み、反対側からペンチをとりだす。そしてエメリーのほうをふりむいた。してやったという気持ちは消え失せ、心が冷えてうつろになった。「だめ、だめ！」と叫んだが、サラージは少しも動きをゆるめなかった。シオニーにはなんの力もない。いまはもう。

ふたたび室内を見渡し、壁を、床を確認する——視線が自分の襟もとにとまり、司書がスペイン人の住所を書いてくれた紙の端が見えた。サラージに奪われていなかったのだ。しかし、物質を変更しなければ紙の術をかけることはできない。

シオニーにはできないが、エメリーなら可能だ。かわりに術を折るわけにはいかないし、エメリーの両腕も同じようにしっかりと縛りつけられている。エメリーはこの紙にさわっていないから、並べ替えの術で呼び寄せることもできない。シオニーは腸の拘束に体を預けた——無駄だ。たったひとつの希望なのに——

サラージがかがみこみ、エメリーの手にさわろうとした。

さらにもう一度、なにか使えるものはないかと探す——炎、火花、どんな、もので、も。

だが、サラージはそのことを考えていた——唯一の明かりはあの不気味な輝く目玉が放つ光だけだ。ランタンも蠟燭もない。火を熾《おこ》す手立てもない、首飾りのマッチをのぞいては――

首飾り。あれはサラージのポケットにある。そして紙のチャームがついている――シオニーが書いた歴史の論文で作ったチャーム。エメリーは評価したとき、その紙にさわった。

記憶が寝室の机でチャームを作った日にシオニーを引き戻した。課題からひきちぎった紙切れ。一七四四年の日付。

「並べ替えて、エメリー！」と叫ぶ。「一七四四年で並べ替えて！」

サラージが不安げにふりかえった。エメリーはシオニーの訴えに疑問を示さなかった。

「並べ替えよ、一七四四年！」と呼ばわる。

首飾りがサラージのポケットからエメリーの左手に飛んでいった。サラージはぱっとエメリーのほうに向き直ったが、その前にエメリーは縛られた手首で可能なかぎり力をこめて首飾りをシオニーに投げた。

油の入った香水瓶と液状ラテックスの小瓶は首飾りが床にぶつかった瞬間砕けた。首飾りはシオニーの柱のほうへタイルの上をすべってきたが、届かないうちに速度をゆるめた。腰の下は拘束されていなかったので、片足をのばして爪先で首飾りを引き寄せる。

サラージがぱっとふりかえった。

汗ばみ、心臓をとどろかせながらシオニーは首飾りを両足でひっぱった。きつく締めつける腸で体を支えながら、靴ではさみ、膝をまげて右手が紐に届くまで持ちあげる。

サラージがポケットから血のしみのあるハンカチを引き出しながら全力で走ってきた。

シオニーは指で首飾りを探り、巻きつけたマッチを見つけた。親指の爪をその先に押しつけ、ぐっとこする。

火がついた。

「燃えあがれ!」声をはりあげた瞬間、サラージが赤い輝きを放つハンカチをかざして手をのばしてきた。手の中の火は何千倍もの大きさにふくれあがって炎の舌をのばし、サラージはよろめいた。なんの術をかけるつもりだったにしろ、自動的に無効になる。

「燃やせ!」シオニーが命じると、火は体を縛っている腸を焼き払った。締めつけから解放された肋骨の痛みを感じつつ、ふらふらと柱から立ちあがる。「分裂せよ」という命令で、火の玉をふたつに分けた。ひとつはサラージのほうへ飛ばし、後退を余儀なくさせる。エメリーの脇に駆けつけると、もうひとつで腸の紐を燃やした。

腸がばらばらになると、エメリーは空気を求めてあえいだ。肩に手をやり、刺さっている髪の刃を引き抜く。うめき声を洩らして、新たに血が噴き出しはじめた傷口に手のひらを押しあてた。

「コートが……いる」シオニーの手の炎をながめ、ぜいぜい息をつく。「術が」

「階段よ」シオニーは推測した。「階段からきたんだわ――」

エメリーの目が大きくなり、火がないほうの手をつかんでシオニーを柱の陰にひっぱりこんだ。その直後、ふたりが立っていたところを赤い手裏剣がしゅっと通りすぎた。石の柱にはねかえり、床にあたると液体の血に戻る。

「分裂せよ！　燃えあがれ！　発火せよ！」シオニーは叫び、また炎を分けた。火の玉のひとつを予備にとっておき、もうひとつをサラージに投げつける。サラージはその行く手からさっととびのいた。炎は病院のベッドのほうへ飛んでいき、通りすがりに金属の枠を焦がした。

「行って！」シオニーはどなった。「術を見つけて。ここは食い止めるから！」

「シオニー――」

「行って！」

なおも肩を押さえたまま、エメリーは階段へ通じる戸口に走っていった。シオニーは火の玉に回転の術をかけ、サラージが陰に立てこもっている柱のほうへほうった――火は四弁の花となってくるくるまわりながらタイルを横切り、サラージをさらに後退させた。床にこぼれた油に火がつき、炎の池と化す。

シオニーは首飾りをつかみ、舌がもつれるほどの勢いで結合解除の呪文を唱えた。玻璃師となって窓に駆け寄り、そこにかかっているモスリンの布をむしりとる。こうすれば少なくとも、火が消える前に誰かが気づいて助けを呼んでくれるかもしれない。

ガラスにふれて命令する。「左側に、砕けよ！」窓が何百もの破片に砕け散り、シオニーが大きく手をふるとサラージのもとへ飛んでいった。ガラスの矢は壁や柱や床にあたるとさらに粉々になった。サラージがよける前にひとつがあばらにめりこむ。

「ちくしょう《クティヤー》！」サラージは叫んだ。シオニーは次の窓に移動したが、いきなり脚から力が抜けた。床に倒れ込み、両手で体を支える。

立とうとしたが、脚が動かなかった。

脚の感覚がない。

「忘れているようだな、子猫ちゃん」サラージは苦しげな呼吸の合間に言った。「僕がきみの皮膚にふれたことを。きみは僕のものだ！」

血まみれの脇腹を押さえて柱の陰から足を踏み出す。右手の人差し指と中指が交差している——この麻痺させる術を保つ手段なのかもしれない。

シオニーは腕で体を押してあとずさった。床に溜まった油がちらりと見える。まだかろうじて燃えている。もしあの火が手に入れば――

首飾りをつかんで砂の袋に手を動かしたものの、舌と唇も麻痺していることがわかった。言葉が口の中でぐちゃぐちゃになる。

「もうそれはさせない」サラージが言った。深く息を吸い、呪文を唱えだす。傷を押さえている手がまた金色にきらめきだし、たちまち呼吸が平常に戻った。手を離すと傷は治っていた。

一歩だけ踏み出したところで、室内に銃声がこだました。サラージはつまずいて息をのみ、ぱっと胸に両手をやって弾丸の穴にあてた。指の交差が解けたとたん、シオニーの麻痺した感覚は消え去った。

シオニーがよろよろと立ちあがったとき、サラージがばったりと倒れた。

ふりむくと、ピストルを両手で握ったエメリーが戸口に立っていた。濃灰色のコートを羽織り、シオニーの鞄を肩にかけている。

サラージは生気なく床に転がっていた。

「エメリー」とささやく。サラージににじり寄り、じっと胸を観察し、呼吸で持ちあがるのを待つ……だが、胸もとは動かないままだった。切除師の双眸は半ば閉じて天井を見あげていた。

エメリーのもとに急ぎ、胴に両腕を巻きつける。相手はピストルを落とし、抱擁を返してきた。

シオニーは体を離すと、サラージのほうに視線を戻した。「そんなに射撃がうまかったなんて知らなかったわ」

「うまくはない」エメリーは答え、鞄を渡そうと体を動かして顔をしかめた。

シオニーはチャームの首飾りを襟もとに戻し、エメリーの手をつかんだ。「行かなくちゃ。警察がサラージを捜してるのよ。窓越しにこの騒ぎを見なかったとしても、ここにくるわ――」

「待て」エメリーがぐっと手を引いて言った。

シオニーは立ち止まった。

「明かりが」エメリーは宙に浮かぶ眼球の群れを見やって言った。「切除師が死ねば、術も無効化するはずだ」

シオニーは呼吸を止めた。サラージをふりかえると、うつぶせになったその体が抑えきれない笑いにふるえだした。

「まさしくその通り」なまりのある声が言った。サラージは苦しげな息をつきながら床から立ちあがった。まるで子どもに握られたぬいぐるみ人形のように、背をまるめてだらりと動いている。

そしてふたりのほうを向くと、きらめく指を自分の胸に突っ込み、鼓動していない心臓をとりだした。

シオニーの口に胆汁がこみあげた。

「ふたつの心臓を持つ恩恵だよ、セイン」ごぼごぼと音をたてて笑い、その臓器を足もとに落とすと、胸の空洞はひとりでにふさがった。「カントレル魔術師によろしく」

エメリーがうなり声をあげてシオニーの隣から走り出した。コートがマントのように背後にひるがえる。学校から持ってきた破裂の術が手から放たれ、サラージとの中間で激しく振動しはじめた。

シオニーは窓のほうに駆け戻り、ちょうど破裂の術が炸裂したとき、一枚砕いた。目の隅にサラージを捉え、破片を雨あられと浴びせかける。余裕を与えないように動かしておかないと、またこちらに術をかけられてしまう。あるいはエメリーに。切除師に考える隙ができたとたん、ふたりとも死ぬ。

階段のほうへ走っていき、精錬師になる言葉を発しながら首飾りに手を走らせた。エメリーが床に落としたピストルに腕をのばし――

まわりで部屋がゆがみ、頭がくらくらしてシオニーはつまずいた。切除術のせいではない——エメリーの仕業だ。波紋の術。その手の中でクラゲのような紙がうねうね動いていた。

シオニーはあと二歩進んでから横向きに倒れた。床が荒れ狂う海さながらに波打っている。ピストルは水に流した油のようにゆれていた。

手をのばしてつかむ。部屋の動きが止まってもとに戻り、薄い血煙がわずかにかかった——エメリーを狙った術の名残だ。

波紋の術の効果を払いのけようとしたものの、あまり成功しないままシオニーは立ちあがり、ピストルを構えて呼びかけた。「引きつけよ！」

ピストルの金属から術が放射され、金属の合金でできたありとあらゆる品を引き寄せた。サラージのシャツのボタンが縫い目からひきちぎられ、床のタイルのあいだに転がっていた針が宙に浮かぶ。焦げた病院のベッドさえ部屋を横切ってきてサラージの膝の裏にぶつかり、エメリーは轢かれないように柱の陰に隠れなければならなかった。最後の瞬間、シオニーはピストルを投げ捨てて隅に走り、自分がベッドに衝突されるのをかろうじて避けた。針とボタンがピストルにふりそそいでぴったりとくっつく。

サラージは赤い煙の渦に姿を消し、エメリーの背後にふたたび現れた。

「後ろよ！」シオニーは声をあげた。

エメリーはふりむくなり床に伏せ、サラージののばした腕を土壇場でよけた。サラージの手はかわりに柱にあたり、血の痕を残した。エメリーは敵の向こう脛《ずね》を蹴りつけてひっくり返した。

シオニーは病院のベッドのひとつをつかみ、ひきずりながら部屋を横切った。エメリーが立ちあがる。そのズボンをはいた脚をサラージがひっかき、小声でなにかつぶやいた。両手が赤く光り出す。

術に気をつけろと呼びかける必要はなかった。紙の魔術師はサラージの髪をつかみ、頬に一発食らわせた。

「壁に投げつけて！」シオニーはどなった。

エメリーはもう一回サラージを殴り、襟をつかんで石の柱のひとつに押しつけた。その体が適当な位置にきたとたん、シオニーは病院のベッドを叩きつけて叫んだ。「まがれ、円形に！」

ベッドの焦げた骨組みがきしみながらサラージと柱を取り巻き、動けないように押さえ込んだ。

サラージが笑い出す。

エメリーはシオニーをつかんで引き戻してから、コートに手をさしこんで紙の術をひとつかみ引き出した。驚いたことに、「裂けよ！」と命令する。

術は何百もの破片に細かくちぎれ、だいなしになった。

「集まれ、前に！」エメリーが命じると、紙片は雲のようにまとまってサラージに襲いかかった。周囲にふわふわと群がり、蛭《ヒル》のように体にへばりつく。

「引き裂け！」エメリーは叫んだ。これまでに聞いたことのない命令だ。

紙の雲はばらばらになったかと思うと、半分は片側に、残りは反対側に飛び、鋭いへりでサラージの皮膚を切り裂いた。

紙で切った傷。数えきれないほどたくさんの細く深い紙の切り傷。

ふちが赤く染まった無数の紙切れがひらひらと床に舞い落ちる。

サラージは金属の檻の中に崩れ落ち、輝く目玉の群れから光が消えた。

第十六章

改修途中の病院へ続く歩道には、銀にきらめく玻璃師製のカンテラが並んでいた。ロンドンとブラックリー両方の警官によって土にさしこまれたものだ。警察の自動車二台が道をふさぎ、三頭の馬がのんびりと病院の芝生で草を食《は》んでいる。騎手たちは病院の内部を調査していた。借りたコートが肩にかかっているにもかかわらず、シオニーはみぶるいした。エメリー自身は歩道のそばのベンチに座り、医者から後頭部の傷を調べてもらっている。肩のほうはすでに濡れた布を渡され、傷口に押しつけてあった。たしかに怪我はしたが、生きている。ふたりとも。そしてサラージは戻ってこない——どんなに熟練した切除師でも、盗んだ心臓をいくつ体内に隠していても、みずからを蘇生することはできないのだ。

シオニーはアニスのことを思った。浴槽の中でうつぶせになった姿ではなく、シオニーにはとうてい理解できないほど複雑な数学の問題を解こうとして、鉛筆を歯でかみしめている姿を。デリラのことも考えた。グラスの手が首に巻きついた姿ではなく、セントオールバンズのサーモンビストロで、テーブルの向かい側からほほえみかけてくる姿を。

ようやく終わった。

「きみがたまたまその場所に居合わせたとは信じられんのだがね、セイン」ヒューズ師がベンチに近づきながら言った。到着したところは目にしていなかった。「どうせさんざん苦労するなら、われわれの中に加わったほうがいいのではないかね。前にも言ったが、給料はいいぞ」

練り師の小言に、エメリーはかろうじて微笑した――疲れた表情だった。「書類仕事が多すぎる。それはわかっているだろう、アルフレッド」

アルフレッドは鼻を鳴らした。「書類仕事。よりによって折り師が書類仕事《ペーパーワーク》に文句を言うとは」

ヒューズ師は白い口髭をしごき、シオニーのほうを見た。「ああ、ミス・トウィル」と言う。「なぜきみがここにいても驚かんのだろうな。三回目の大当たりかね、ええ？ひょっとしたらきみのほうが採用されたいのでは？　このいまいましい実習期間が終わったら」

シオニーもほほえもうとしたが、神経がささくれているせいで、しかめっつらのように見えてしまったかもしれなかった。「あとたった二週間です、運がよければ」

ヒューズ師は顔を明るくした。「ほう？　まあ、いい知らせもあるようだな。むろんよい結果になるよう祈っとる」

エメリーをふりかえると、傷をもっとよく見ようと身をかがめる。「キルマー先生の手にかかれば、なんでもなかったようになるとも」

「キルマー先生？」

「結び師だ」ヒューズ師は言った。「普段なら口にせんのだが、きみはすでに会っとるのでな」

シオニーは眉を寄せた。結び師？　「それなら憶えてるはずですけど……」

「会っていなければきみは死んどっただろうよ」ヒューズ師ははっきりさせた。「数少ない結び師のひとりだが、グラスの一件が起きた日、偶然ロンドンにいたことは憶えとるだろう」

一瞬あと、その情報を処理したシオニーは、冷たい衝撃が背筋を駆けおりるのを感じた。「それって……あのとき病院にいた切除師のことですね？」

「結び師だよ、きみ」ヒューズ師は訂正した。「そのふたつには違いがある」

シオニーはかぶりをふった。「どんな違いが？　人を傷つけるんじゃなくて治療するとしても、魔術を得るために殺した相手にそう説明してみたらどうですか」

「実を言うと、本人が志願したのだがね」

ぱっとふりむくと、背後に背の高い男が立っていた。束ねていない肩までの黒髪が玻璃師製の明かりにきらめいている。濃い色のスーツの下に黒っぽいシャツを着て、ネクタイは結んでいない。顔が長く頬骨が高く、アジア人の血統を物語る落ちくぼんだアーモンド形の瞳を持っていた。

ヒューズ師が咳払いした。「ミス・トウィル、キルマー先生だ。ここにいると言っただろう？」

胸もとと首筋がじわじわと赤くなり、悪寒を消し去った。

キルマー師はようやく気づく程度に唇を動かして、愁《うれ》いを帯びた微笑を浮かべた。脇を通りすぎて言う。「その男は骨のがんで苦しんでいて、息子のひとりをのぞき、家族全員に先立たれていた。どのみち数日で亡くなっていたはずだ、それできみの良心がおさまるなら」

それに対してなにが言えただろう？　謝るのは違うという気がした……自分を治してくれたことや、エメリーをいま治療してくれていることに感謝するのも。法で認められた能力であるにもかかわらず、キルマー師がエメリーのかたわらに立ち、サラージが使っていたのと同じ古い言葉を唱えているのを見ると、やはり胃がきゅっと縮まった。結び師の手が見慣れた金色の光に輝き、エメリーの肩や頭、顎にふれて、最初からなかったかのように傷を消し去る。

「アヴィオスキー先生と話さないと」シオニーは言った。

ヒューズ師が身を寄せてきた。「ほほう？」

「供述はしました」と言う。「もう行ってもいいですか？　大事なことなんです」

ヒューズ師は肩をすくめた。「好きにしたまえ。許可を与えるのはもうセイン先生の権限だ」

シオニーは一度うなずくと、キルマー師がそばから離れるときにエメリーのほうへ移動した。その前に膝をつき、誰に見られようがかまわず両膝に手をかける。

「嘘をついたのね」とささやく。

相手は視線を合わせた。「どのときだ？」

「魔術師試験を受ける準備ができてるって話よ」シオニーは言った。「引き裂く術――あれは知らないわ。わたしの知らない術があといくつあるの？」

「プリットでさえあの術は知らないよ、シオニー」エメリーは言った。肩に両手をかけ、髪を一房持ちあげて、サラージが別の束を引き抜いた部分を見る。あまり目立っていないといいのだが。「あれは魔術師セイン独自の術だ」

その言葉に疲れが引いた。「折り術の呪文を発見したの？　どうやって？」

「あれは実際には細裂の術の強化版だ」エメリーは答えた。「そして、そう、まだライラが危険な存在だったときに見つけた。私は折り師だ、シオニー。破裂の術以外に人の動きを封じる術を見つけておく必要があった」

シオニーはゆっくりとうなずき、その情報を咀嚼した。「ほかにもわたしが知らないものがある？」

「いや」

またうなずく。一瞬の間。「エメリー」名前の一音一音をはっきりと発音して呼びかける。慎重に続けた。「何人あなたは……あなたは――」

「殺したか？」エメリーが先をひきとった。

シオニーは唇をかんだ。

「きみがひとり、私もひとりだ」という返事だった。

「ああ、エメリー――」

「私は大丈夫だ」と言い、頬に親指を走らせてくる。「サラージ・プレンディがいなくなったからといって、たいして自責の念など感じない。実際、あいつを二回殺したわけだ。つまり、私のほうがひとり多いということになるか、ふむ」

ふたりのあいだにしばらく沈黙が落ちた。

「アヴィオスキー先生に言わないと」シオニーはささやいた。「切除師の結合についてわたしたちが知ってることを考えると……伝えるべきだと思うの」

「私でも同じことをするだろうな」

「タクシーできたの？　その車はまだここにいる？」

エメリーは立ちあがり、一緒にシオニーをひっぱって立たせた。首をまわし、肩をのばして調子を見る。背後を見やり、キルマー師に一度うなずいてみせた。

「行こう」とつぶやき、シオニーの背中に手をあてがう。「パトリスが早朝の客を歓迎してくれるといいが」

シオニーはエメリーによりそって歩き、病院――と切除師たち――をあとにした。


アヴィオスキー師は九回目のノックで玄関のドアをあけた。すでに身づくろいして化粧も済ませていたが、普段通りきっちり頭の上にまとめた髪は濡れているようだった。

朝の七時十五分にエメリー・セインとシオニー・トウィルが戸口にいるのを見て、驚きを隠さなかった。鼻に乗せた眼鏡を直して問いかけてくる。「この訪問はどういう理由でしょう？　一時間後に内閣の集まりがあるのですが」

シオニーは深く息を吸い込んで言った。「サラージ・プレンディは死にました」

相手は身をこわばらせた。「なんですって、どうやって？　たしかですか？」

「おそらく、すぐにアルフレッドが詳細を伝えるでしょう」エメリーが言った。あくびをかみ殺す。

アヴィオスキー師は蒼ざめた。視線をシオニーにすえる。「まさかあなたが関係――」

「ここにきたのはサラージのことを言うためじゃありません」シオニーはさえぎった。

エメリーに目をやる。また深く息を吸ってつけたした。「グラスについてお話ししていないことがあったんです。グラスがあの日、鏡の間でしたこと――デリラが本当はどうして死んだか」

アヴィオスキー師は静かになった。胸の動きさえ止まり、その唇から力が抜ける。

「あの男が発見したことをお伝えしていませんでした」シオニーは続けた。「でも、いまは言う必要があるんです。もしお時間をいただけるなら」

玻璃師は無言でうなずき、戸口からしりぞいて家に入る道をあけた。シオニーはアヴィオスキー師の好みに従って玄関で靴を脱いだが、エメリーは脱がなかったことに気づいた。玻璃師はなにも言わず、ただふたりを正面の居間に案内した。シオニーはソファに座り、エメリーが隣に腰をおろした。意外にも、アヴィオスキー師にまる見えの状態で手を握ってくる。それでも玻璃師はなんの意見も口にしなかった。

緊張に胃の内側がちくちくするのを感じつつ、シオニーは切り出した。「デリラが死んだのは、グラスと結合させられたからです。あいつは切除師になったんです、アヴィオスキー先生。わたしが……止めたとき、グラスは先生の心臓を盗もうとしているところでした」

アヴィオスキー師の眉が髪の生え際まではねあがり、また目の近くまでさがった。

「ミス・トウィル、グラス・コバルトは玻璃師でした。人間が結合できる物質はひとつだけです」

「ええ、同時には無理ですね」シオニーは言った。ちらりとエメリーを見やってからつけくわえる。「いまこの瞬間、わたしが精錬師だと申し上げたらどうでしょう？」

アヴィオスキー師は顎をさすった。「ミス・トウィル——」

「硬貨を貸してください」シオニーは言った。「証明してみせます」

第十七章

車でポプラーへ行くあいだ、シオニーはアヴィオスキー師のことを考えた。きのうの話し合いはまさに予想通りの展開になったが、アヴィオスキー師はその発見にどう対処すればいいのか困っていた。シオニーもだ。

「検討してみます」というのがアヴィオスキー師の別れの言葉だった。シオニーとエメリーがタクシーへ戻っていくとき、さようならさえ言わなかった。

今日のタクシーは、トウィル家の新居の外に曲線を描く道路沿いに止まった。シオニーは魔術や結合についての物思いを振り払い、目の前の問題に集中した。ベイリー師の住まいと自分の勉強に戻る前に、あとひとつだけ個人的な用事を片付けなければならない。

ジーナを見つけ出すのは思ったより難しい作業だった。結婚しておらず、中等学校以上の教育を受けないことを選んだため、ジーナはまだ実家住まいだったが、外出していた。誰もどこへ行ったのか知らなかった。

「あの子をどうしたらいいのかわからないのよ、シオニー」薄い茶を一杯そそぎながら、母はうめいた。「出かけるときもめったに知らせていかないし、なにをしてるのか見当もつかないわ。父さんは気苦労で髪が抜けてるのよ。いっそ家からほうりだしてやりたいわ！」

もちろんロンダ・トウィルが娘のひとりを家から追い出すはずがないが、母の気持ちはよくわかった。

これほど人口の多い地域では、ジーナの所在をつきとめるのに鳥は使えない。そこでシオニーは、ミセス・ヘミングズにたずねようと隣家に寄った。娘がジーナの新しい友人なのだ。ミセス・ヘミングズはいくつか心当たりを挙げてくれ、その中にはもといたミルスクワッツのキャラウェイ宅も含まれていた。

以前住んでいたあたりに到着したころには、太陽が天頂に達していた。さいわい、ジーナと断続的につきあっている友人で、シオニーより二歳下のメグリンダ・キャラウェイはたまたま家にいた。

「たぶんカールとサムと一緒に出かけてるわよ」スクワッツの家の戸口によりかかり、暗褐色の髪の房を指に巻きつけながら、メグリンダは言った。寝巻から色あせた黄色いサンドレスに着替えていること以外、一日を始める準備ができているようには見えなかった。

「砂色の髪で顎が割れた背の高い人？」シオニーはたずねた。

メグリンダはうなずいた。「それはカール。サムはその弟。あいつはほんとにくそったれよ、こんな言い方してよければ」

よくはなかったが、そう口にしても無意味だとシオニーは判断した。

「いつもはパーラメントスクエアの劇場か、メイプルバイのあたりをぶらぶらしてるけど」

シオニーは眉を寄せた。「酒場？」

メグリンダは微笑した。「そう」頭から足、また頭とシオニーをじろじろながめる。

「あんたでもあそこならいくらか目を引けるわよ」

シオニーは腹立ちをこらえて深く息を吸い、メグリンダに教えてくれた礼を言うと、タクシーの運転手にパーラメントスクエアへ向かうよう指示した。

まず前にジーナと出くわしたせまい道を確認したが、妹の姿はなかった。劇場のまわりを歩き、切符売り場の男にジーナらしき外見の娘を見かけたかとたずねさえしたが、見ていないとのことだった。国会議事堂の近くに並んだ店の前を歩き、窓越しに中をのぞきこんでから、ようやくあきらめて酒場へ向かう。何年も前に髪の色と折り合いをつけたにもかかわらず、気がつくともっと目立たない色だったらと願っていた。エメリーとの関係に加えて、酒飲みだという噂まで立てられる必要はない。隠蔽の術を体に巻いて、人に見られないように街を歩くべきなのだろうか。それだけ大きな紙を持ってきてさえいたら。

天が憐れんでくれたらしい。暗すぎて品行方正を奨励しているとは思えない酒場に足を踏み入れると、葉巻の煙のにおいに襲われたものの、すぐにジーナが目についた。誰かが口笛を吹いた。シオニーは自分に向けられたのかどうか確認しようとはしなかった。煙草を指にはさんだジーナが立っている一段高いテーブルへ、重い足取りで歩いていく。隣にはカールが座っていて、からのグラスを手の中でくるくるまわしていた。サムの姿は見あたらない。

「こんにちは、妹君」

ジーナは目をあげ、一瞬蒼ざめたが、さっとその反応を隠したので、想像だったのだろうかとシオニーは首をひねった。妹の目つきがけわしくなり、眉が寄る。「あんた、いったいここでなにしてるわけ？」

シオニーは溜め息をついた。「実に淑女らしい言葉遣いね。あなたと話す必要があるの、できたらこの……建物の外でね。わたしの体がその煙草みたいにくさくならないうちがいいんだけど」

カールが立ちあがった。「あんたは知ってるぞ。姉貴だろう？」友好的な口調で訊かれたわけではなかった。

シオニーはデリラに昔から褒められたように冷静さを保ち、紙を一枚と精錬師製の鋏をハンドバッグからとりだした。テーブルの上に置くと、カールではなくその品々に注意を向ける。「〝妹君〟という発言からそのぐらいはわかると思うわ。姉よ、だからジーナにはあなたみたいな人とこういう場所にきてもらいたくないの。失礼します」

カールは鼻を鳴らした。「失せろ」

そういう反応がくるだろうと予想はしていた。相手に目をやりさえせずに正方形を数枚切り、鉛筆をひっぱりだして四隅にすばやく走り書きすると、鉛筆と鋏をハンドバッグにしまう。そして正方形のひとつに「接着せよ」とささやいた。

「話したかったら手紙でもよこせば」煙草をふかしながらジーナは言った。たいして楽しんでいるようにも見えない。ばかな子だ。「おしゃれな郵便鳥でね。でなきゃあんたの男に作らせたら」

カールがシオニーの二の腕をつかんだ。「帰る時間だ、かわいこちゃん」

シオニーはそちらに向き直り、胸と胸がくっつきそうなほど間近で顔を合わせると、相手のズボンの前ポケットに正方形の一枚をさしこんだ。「わたしはあなたの〝かわいこちゃん〟じゃないわ、カール」と言い、手を振り払うと同時に手首を返してもう一枚の正方形を床に投げる。紙片はさっきかけた〝接着〟の術でぴたりと床に吸いついた。「それから、もう一度わたしに手をふれたら、ここからほうりださせるわよ。いいえ、むしろ自分でほうりだすわ。貼りつけ！」

カールのポケットに入った支えの正方形が床の相棒とくっつこうとはねあがった。途中になにが――あるいは誰が――立ちはだかっていようとおかまいなしに。魔術の力でカールはばったりと倒れ、片割れの正方形と出合うまで数フィート床をすべっていった。

ジーナが息をのむ。「シオニー！」

「一緒にきなさい、でなきゃ同じことをするわよ」シオニーはぴしゃりと言い、ジーナの唇から煙草をひったくった。「裂けよ」言葉を発すると煙草の紙は細かく裂け、テーブルの上にはかろうじてくすぶっている山だけが残った。

ジーナの肘をつかんで酒場から陽射しのもとへひきずりだす。ありがたいことに外はすがすがしかった。さいわい、おぞましい場所の表口から少し離れるまで、妹は抵抗しなかった。

「やってくれるじゃない！」ジーナはかみついた。

シオニーは葉巻の悪臭を追い払えるかのように両手でブラウスを払った。「どう見てもそっちほどじゃないけどね。なにをやろうとしてるか知らないけど、高名な魔術師とわたしの関係なんて、あなたのばかげた行動に比べたらろくに注目する価値もないと思うわ」

ジーナはしょげかえり、メイプルバイの外壁にもたれかかった。「あたしのことがわかってるような言い方しないで」

「どうしてわたしがそんなふりをするの、わかってもいないのに？」シオニーは反撃した。「どうしたっていうの？　お母さんが心配してるわ、わたしだってよ。話をして」

ジーナは顔をしかめた。

「カールは助けにこないようだけど」

ジーナはあきれた顔で腕を組んでから、またほどいて黒髪を肩の後ろに払いのけた。髪はふたたび前に落ちてきた。ジーナは無視した。

シオニーは眉をひそめた。「わたしたち、前は仲がよかったじゃない」

妹は目をそらしたまま髪をいじりつづけた。「姉さんが家を出て、母さんと父さんのお気に入りになる前にはそうだったかもね」

シオニーは片眉をあげた。

「つまらないものみたいに扱われるのはもううんざりなの、シオニー！」ジーナの声は通行人がちらちら視線をよこすほど大きかった。どうやらカールとサムという楯がないと人目が気になるらしい。ジーナは声を低めて続けた。「いちいち比べられて、見過ごされて。娘のひとりが魔術師になれるなら、もうひとりだって同じぐらいすごいことができるはずだって思ってるのよ」

「できるわ、自分で望むなら」シオニーは静かに言った。「それにわたしはまだ魔術師じゃないし」

「姉さんがそう言うのは簡単よね。みんなが金持ちに学費を払ってもらってるわけじゃないんだから」

「あなたは学校が嫌いじゃないの」

「そうじゃなければよかったのに」

この発言には虚をつかれた。シオニーは心も表情も軟化するのを感じた。「ジーナったら」

ジーナは胸の前でぎゅっと腕を組んだ。「あたしは貧乏なのがいやなの」

「それがあのカールの魅力？　お金？」

ジーナはげらげら笑った。「あいつは道路掃除人よ、だから違うわ」

(でもあなたに目をとめてくれるのね) と思ったものの、その言葉を声に出すほど愚かではなかった。かわりに「いらっしゃい」と言い、そっとジーナの肘をとった。妹は歩道に視線をすえたまま、素直についてきた。

「あなたはなにがしたいの？」一分ほど沈黙が続いたあと、シオニーはたずねた。

「さあ」

「じゃあ、それがわかるまでなにもできないわ。絵を描いてたのは？」

ジーナは鼻を鳴らした。「道具を揃えるお金がないし」

シオニーは立ち止まり、妹を見た。「ねえ、ジーナ。それならわたしが助けてあげられるわ。頼んでくれればいいだけなのに」

「借りなんか作りたくないもの」

シオニーはあきれた顔をしたい衝動をこらえ、また歩きはじめた。「誰だってときには助けが必要になるのよ。それにわたしが魔術師試験に受かれば、援助してあげる余裕ができるし。あとはあなた次第よ」

「施しなんてほしくないわ」

「だったらなにか売ってお金を返してちょうだい。家族からのちょっとした援助ぐらい受け入れてよ、ジーナ。本当にこの先ずっと、酒場にこもって女性を手荒に扱う人とつきあう人生を送りたがってるとは思えないわ」

ジーナは溜め息をついた。「カールはばかよ」

「ね？　もうお互いにさっきより意見が一致してるじゃない」

はりつめた空気にもかかわらず、ジーナは笑った。もっとも、いくぶん苦々しい響きだったが。ふたりでもう少し黙って歩いたあと、ジーナが言った。「あたしはただ、誰か金持ちの年寄りを見つけて結婚すればいいだけよ」

「それは施しじゃないわけ？」

妹はせせら笑った。「そんな結婚生活をがまんするのに？　自分で小遣いを稼いでるってことでしょ」

その台詞にシオニーはふたたび足を止めた。「あなたのよさをわかってくれそうな人を知ってるわ。少なくとも絵をね」

またもやあきれ顔が返ってきた。「別の折り師でも隠してるの？」

シオニーはエメリーの最初の弟子、ラングストンのことを思った。「まあ、そうよ、実を言えばね。でも、酒場のにおいをぷんぷんさせてる子なんかあの人に紹介しないわ。自分自身を尊重してもいない子なんか」

ジーナはまた眉を寄せて身を離した。「自分のことなら充分尊重してるわ」

「だったらそういうふうに行動して、ジーナ」

妹は反論しようと口をひらいたが、言葉が出る前にシオニーはその体を抱き寄せた。

「わたしはあなたのことを信じてるわ」煙草のにおいのする髪に向かって言う。「自分を信じて。魔術師のお披露目の場で会えるでしょう？」

ジーナは体を引いてシオニーの瞳をのぞきこんだ。「合格するって自信満々なわけね、へえ」

シオニーはにっこりした。「自分の力を信じれば、途方もないことだって可能になるものよ」

第十八章

サラージとの戦いから十三日後、そしてアヴィオスキー師への告白から十二日後、シオニーは検定省の魔術使用棟にある短い廊下に立っていた。脇にかかえたツイードの鞄は、ベイリー師のリストに基づいて作った五十八個の術を全部入れるために買ったものだ。受けている指示は、検定省に術を持ってくるようにというものだけだった。折り師の一団が技術を審査するのだろうか、それともほかの魔術師が創造力を判断するのだろうか。もしかしたら、たんにリストの項目をすべて達成することができるかどうか判定するだけの試験なのかもしれない。ひとつひとつ根拠を論じなければならないという可能性もある。エメリーは一度も討論を勉強するよう勧めなかった。

鞄の持ち手を握りしめ、手が湿っているのを無視しようとつとめる。

廊下に面した無表示のドアの上にさがっている小さな金色の鈴が鳴った――開始時間を知らせる合図だ。シオニーは深く息を吸い込み、ツイードの鞄を持ちあげてドアに近づき、把手をまわした。

把手がひっかかったので、手を止める。もう一度ぐいぐいねじってみたが、微動だにしない。鍵がかかっているのだ。

鈴を見あげ、首筋に赤みが這いあがってくるのを感じた。干上がった喉に唾をのみこみ、手をあげて軽くドアを叩く。

なにも起こらなかった。内側からは声も物音もまったく聞こえてこない。だが、アヴィオスキー師もベイリー師も中にいるのは知っていた。ふたりが入っていくのをこの目で見たのだ。また叩いてみたが、返ってきたのは沈黙だけだった。把手をひねる。閉まっている。

そのときはっと気づいた。ベイリー師のリストはスカートのポケットにしまってあったが、最初の項目は簡単に思い出せた――〝ドアをひらくもの〟。では、これが試験の一部なのだろうか。

鞄を探って自分で作った骸骨の腕をとりだし、把手のほうへさしだしたものの、紙の指がふれる直前に凍りついた。

「鍵がかかったドアをひらくものですか、ベイリー先生？」顔から血の気が引くのを感じつつ問いかける。ポケットからリストをひっぱりだして、最初の課題を読み直した。

〝一、ドアをひらくもの〟鍵がかかっていることについてはなにも書かれていない。あの折り師はエメリーに復讐するため、これほど重大な要素をわざと省いたのだろうか？

呼吸が速くなった。把手を見つめる。まさか始まってもいないうちに試験に失敗するはずがない！

「息吹け」と腕に命じ、把手に近づけたが、魔法で施錠されているわけではなく、この術ではあけることができなかった。シオニーは紙の腕をひっこめた。手の指がひっくり返ったカブトムシの脚のようにもぞもぞ動いている。

目に涙があふれた。きっとこのリストを見せれば……だが、ドア越しに話しかけてさえもらえないのだ。本当に、紙の術を入れた鞄を持って廊下を引き返す屈辱を味わわなければならないのだろうか。もう折る術はない……このいまいましいドアをあけるようなものはなにも！

歯を食いしばる。いや、あれだけの目に遭ったあとで、いまさら失敗してたまるものか。魔術師試験に受かってみせる。折り師になってみせる。絶対にこのドアをあけて、ベイリー師の顔からあの自己満足が消えるところを見てやるのだ、たとえこの手で叩き壊さなければならないとしても――

ふと動きを止め、ドアを観察する。錠前は把手についているものだけだ。つかの間、精錬師になって解錠の術を使う誘惑にかられたものの、首飾りはアヴィオスキー師のもとに置いてきてしまった。どちらにしても、それは不正行為だ。シオニー・トウィルは不正行為などしない。

簡単な錠前。簡単な錠前ならあけられる。昔の友人アニス・ハッターが中等学校でやってのけた。執務室の窓に落書きを見つけた校長が、昼食のデザートを出すなと命令したときのことだ。アニスはカフェテリアに侵入し、シオニーとふたりで二切れずつケーキを平らげた。

一歩さがって魔法の腕を分解しはじめる。骨にかかっている命を吹き込む術が解けた。シオニーは手首の下から細長い紙切れを引き出すと、「硬化せよ」と命じ、ドアと枠のあいだにはさんだ。把手の掛け金にあたるまで紙をゆすって動かす。紙を押したり引いたりして掛け金の下に押し込んでから、ほっと安堵の息をついてドアを押しひらいた。

明るい午後の陽射しが窓の日よけ越しに流れ込み、長方形の室内を照らしていた。想像していたより小さな部屋だ。みがいていない木の床板に砂色の壁。戸口のある側になにも書いていない大きな黒板があるだけで、なんの飾りもない。唯一の備品は黒板の向かいに置いてある長い机で、その奥にベイリー師とアヴィオスキー師、それにシオニーの知らない男性がふたり座っていた。

アヴィオスキー師が立ちあがってふたりの男を指し示した。「ミス・トウィル、こちらはタジス・プラフ魔術師養成学院の校長、リード先生です。可塑師でいらっしゃいます」

あきらかに肥りすぎで、もじゃもじゃの白い口髭を生やした男がうなずいてみせる。なるほど、これがアヴィオスキー師の後任の校長らしい。

「そしてこちらはプラフ先生、タジス・プラフ先生の甥御さんです」アヴィオスキー師は続け、ふたりめのもっと若い男を示した。エメリーと同年輩に見え、まっすぐな鼻と親切そうな目をしている。「こちらも可塑師で、この試験に立会人として参加しておられます」

すたすた歩いていって握手するのはふさわしくない気がしたので、シオニーは軽く膝をまげてお辞儀してから会釈した。「お目にかかれて光栄です」

アヴィオスキー師は腰をおろし、目の前に置かれた紙を読んで唇をすぼめた。数秒後、口をひらく。「ずいぶん……独創的なやり方で最初の課題を達成しましたね、ミス・トウィル、ですが、あれが数に入るのかどうか確信がないのですが」

シオニーはベイリー師をみすえて言った。「求められていたのはドアをあけるもので、あって、とくに術とは指定されていなかったと思います。そうですね？」（反論してみなさいよ、そっちがよこした紙に詳細が書いてなかったのをほかの人に見せてやるから）ほかの課題が同じように省略されていないことを祈った。

ベイリー師の口の端がほんのわずかぴくりと動いた。微笑の兆しだろうか？「その通り」と折り師は同意した。「第二の項目へ移ってもらえるようなら、ミス・トウィル、先を続けよう」

シオニーはうなずき、大きな鞄をひきずって室内に入った。背後でドアが閉まる。部屋の中央へ進み、黒板を背にして、術の山のてっぺんから紙の鶴をひっぱりだす。（二、呼吸するもの）生まれてはじめて覚えた折り術だ。

その課題はやすやすと通過した。第三の項目、〝物語を語るもの〟も実習の初期に遡《さかのぼ》る術だった。二週間前にアヴィオスキー師を訪問したあと、エメリーと家に戻って、絵本『ゆうかんなピップのぼうけん』をとってきたのだ。シオニーがその話を最後まで読みあげると、正面に座った四人の魔術師は、灰色のネズミが目の前で動きまわるうっすらとした映像をながめた。とりわけリード師は楽しんでいる様子で、第四の項目〝くっつくもの〟の解答に対する自信を支えてくれた。

床に支えの正方形を四枚広げる。ミセス・ホロウェイの居間で夫への祝賀会の飾りつけをしたときに使ったのと同じものだ。この紙に〝のろま〟と書いてベイリー師のシャツの背中に貼りつけたい誘惑にかられたものの、魔術師試験のように重要な事柄には、ある程度の礼儀が必要とされるものだ。そこで正方形を使って自分自身の紙人形を黒板にくっつけ、ついでに第五の課題も達成した――〝複製するもの〟。

ときおり「続けてくれたまえ」や「先へ」とベイリー師が言うほか、魔術師たちは沈黙を保っていた。もっとも、最初のいくつかの術が終わると、ベイリー師もうなずいたり片手をふったりして先をうながすだけになった。どうやら向こうもこの試験に一定の礼儀が必要だと決めたらしい。

シオニーは取り組みを続けた。

十四番目〝真実を隠すもの〟の項目で目隠し箱を見せ、十五番目〝自分自身を隠すもの〟で隠蔽の術を使うと、リード師が「いい出来だ」と論評した。ほっとしたことに、二十四番目〝川を越えるもの〟では実際に川を渡る必要はなかった。ベイリー師はあっさりと椅子から立ち、折った舟に歩み寄って調べた。唇から出た「ふむ」というひとことが審査に通ったことを示し、シオニーは次に移った。

あらかじめ術を用意しておいたにもかかわらず、時間がのろのろと進むのを感じた。室内に時計はなかったが、術が終わるたびに窓を確認し、日よけの向こうで陽射しがどう動いたか見る。三十七番目〝浮浪者から身を守るもの〟に到達したときには、肌のほてりを冷まそうとブラウスの前をひっぱった。窓をあけてほしいと頼むために試験の沈黙を破る勇気はなかった。

〝拡大の鎖〟を胴に巻きつけたあと、ツイードの鞄から波紋の術をとりだす。「拡大せよ」と「波立て」という命令で身長が十フィートにのび、プラフ師がやめてくれと叫ぶほど部屋がゆがんだ。シオニーはただちに術を解いた。

ベイリー師がうなずいたので、次の術に移る。

四十四番目の術、宙を舞う星の光は、思いがけずあの冷静沈着なアヴィオスキー師を感心させた。ベイリー師が日よけを閉めて星の光が輝き出すと、アヴィオスキー師は子どものように喜んで目をみはった。四十五番目の項目〝一度に二カ所にいる方法〟に対しては、はじめのころ使った紙人形に戻った。

ベイリー師は眉をひそめて腕を組んだ。「同じ術をふたつの異なる課題に使うことはできない、ミス・トウィル」

心臓が鼓動をひとつ飛ばした。からからになった舌で口の中を探りまわしてから、ようやくかすれた声を出す。「な、なんですって？」

折り師は身を乗り出した。「同じ術を使うことはできない。きみはすでに紙人形を見せている。別の解答がないのなら、試験は終了だ」

深々と息を吸い、落ちついた声を保とうと努力しながら、シオニーは言った。「その条件が規則にあったのは憶えていません、ベイリー先生」

折り師の表情は変わらなかった。「書いてある、ミス・トウィル」

「そうなのか？」プラフ師がたずねた。短い問いかけで胸にかすかな希望がともる。これほど終わりに近いのだ。いま失敗するわけにはいかない！

アヴィオスキー師をちらりと見やり、目を合わせた。（わたしが玻璃師だったら一度に二カ所にいられるのに）と考える。その心を読み取られたのだろうか、と首をひねった。アヴィオスキー師の唇にわかっていると言いたげなほほえみが浮かんだからだ。

その微笑はたちまち消えた。アヴィオスキー師は椅子の後ろに隠れていた書類鞄を引き出してひらいた。中に入っている書類を順に確認していき、やがて小冊子をひっぱりだす。続いて、なにも言わずにそれを親指でめくった。部屋の沈黙が四方から迫ってきた。エメリーの心臓の熱く窮屈な弁を通り抜けた思い出がよみがえる。この感覚はよく似ていた。

アヴィオスキー師の声が静寂を切り裂いた。小冊子から読みあげる。「実習生は連続したふたつの課題において用意した術を二回使うことはできない。この行為があれば試験は打ち切られる」

「気の毒だが、ミス・トゥウィル」ベイリー師が言った。

心臓が床に墜落した。

「そう思う必要はありませんよ、ベイリー先生」アヴィオスキー師が口をはさんだ。「規則書には〝連続した〟と書いてあります。このふたつの課題はリスト上で十以上も離れています。したがって紙人形は有効です」

シオニーは目をみひらき、両手を胸もとにあてた。口から飛び出しそうになった〝ありがとうございます！〟という叫びをかみ殺す。

ベイリー師の眉間の皺がいっそう深くなった。「たんにリストを並べ替えるだけで、その人形が使えなくなることはお気づきでしょうな？」

「試験のリストをたんに〝並べ替える〟ことはありません、ベイリー先生」アヴィオスキー師は言い、小冊子を書類鞄に戻した。「これは魔術最高評議会において決められた規定の順番に沿っています。本当にミス・トゥウィルを落とすべきとお考えなら、評議会に無効を要請していただかなくては」

シオニーは背筋を汗がひとしずく流れ落ちるのを感じた。

顔に渋い表情が刻み込まれたものの、ベイリー師は続けるようにと顎をしゃくった。

シオニーは新たな力を感じて残りの術を進めた。マラソンの最終部分を全力で駆け抜け、前方でベイリー師に決勝線の紐を切られないうちにゴールへ到達しようと必死で試みる。活力の鎖に細裂の術、夜空を作り出した幻影の術、食物が腐らないように保つ厚紙の箱さえ実演してみせた。〝五十三、逃亡する手段〟では、隠蔽用の紺色の紙吹雪をふたつかみ投げた。体が瞬間移動するのを感じ、審査員の机の向こうに出現する。

何時間もたったように思われてから、ようやく最後の術を出そうと鞄に手を入れた。せいぜい自分のこぶしほどの小さな術だ。

五十八番目の課題は、おそらく最大の難問となるよう作られたものなのだろう。実習生が長年の訓練を顧みて、魔術師としての未来をじっくり考えるように意図されているのだ。〝生きる手段〟。曖昧だが、それでいて想像をかきたてる。紙の魔術師として、折り術がどんなふうに人生を変えたか、今後どうやって魔術師としての経歴を形成していくか、感動的な文章を書くことは簡単にできた。命を吹き込んだ術の一群を結集し、魔法の生き物があふれる部屋を作り出すことも。壁から壁までミセス・ホロウェイの邸宅で作ったジャングルの景色より壮大な幻影を描き、知覚に訴える野生の生き物を山ほど提示することも。

だが、そうはしなかった。

最後の課題を読んだとき、まず心に浮かんだ案を使った。はじめのうちはそれを除外し、もっと気のきいた印象的な趣向を考えたが、結局いつもこの単純な術に戻ってきてしまったのだ。必要なら美辞麗句や涙をまじえた感情的な訴えで擁護することもできる。とはいえ、アヴィオスキー師が魔術師の審査団にいる以上、きっとひとことも口にする必要はないだろう。

ツイードの鞄の片隅に入っている紙の心臓を指で包み込む。背筋をのばし、両手で抱くようにして目の前にさしだすと、ささやいた。「息吹け」

心臓は手の中で静かに脈打った。**どくん、**どくん、どくんという響きがそっと皮膚を打つ。

生きる手段。これまでに作ったうちで最高の術。

シオニーはなにも言わなかった。アヴィオスキー師もわざわざ説明しようとしなかったので、エメリーが死にかけた話がどこまで伝わっているのだろう、といぶかる。

ベイリー師はシオニーが捧げ持った鼓動する心臓を見つめた。

そして微笑した。

第十九章

「魔術師アーネスト・ジョンソン、練り師、第四区」

白い手袋の下で手が汗ばんでいた。シオニーはその手をもみしぼりながら、新たに認定された練り師が魔術師の黒い正装姿で左側のふたつ離れた席から立ちあがるのをながめた。そこから舞台の反対側の演壇に近づくと、タジス・プラフ本人と握手し、額縁におさめた魔術師免状を受け取る。ロイヤルアルバートホールに満員の観客が拍手喝采し、シオニーの耳には大海の波が砕けるように聞こえた。舞台が振動でゆれるのが感じられる。

「魔術師ジョン・フレデリック・コブル、精錬師、第三区」

その言葉は隣に座っていた男を呼び出した。金属の魔術師のまとう淡い灰色の正装を身につけている。シオニーは四つの椅子が並ぶ列にひとり残された。

視線を感じたが、舞台をふちどっているまばゆい念火師の照明のせいで、観客がよく見えなかった。だが、視線の主がどこにいるかは知っている。式典の前に赤いビロードのカーテンの裏からこっそりのぞいたからだ。母、父、妹たち、そして弟は、中央の区画の二列目の席を占領していた。エメリーは左側の区画の一列目で、アヴィオスキー師の隣に腰かけている。みんなは舞台の上に座っている自分のことをどう思っているだろう。

「魔術師シオニー・マヤ・トウィル、折り師、第十四区」

(魔術師)その単語が体の中でふくらみ、甘いぬくもりが指と足に広がった。半ば感覚を失った脚でなんとか椅子から立ちあがる。白いスカートが足首のまわりにひるがえり、ブレザーの銀ボタンが魔法の光にきらめいた。舞台を横切り、表面に魔術師の紋を帯びた演壇のほうへと移動する。

タジス・プラフが手をのばした。応じようと自分の手をあげたことは憶えていなかったが、気がつくと指を握られていた。魔術師がもう片方の手でぱりっとした白い免状をさしだした。黄金の葉模様でふちどられ、黒いインクで署名がしてある。

活字体の文字で自分の名が記されていた。

魔術師。ついにやってのけたのだ。

拍手がさっきより大きく聞こえた。まるで四方八方から響いてくるかのように、天井からふりそそぎ、床から噴き出しているかのように。免状を飾っている黒い額縁を握りしめる。〝魔術師シオニー・マヤ・トウィル、折り師、第十四区〟

あらためてタジス・プラフと強く握手し、まばたきして涙をこらえた。

タジス・プラフの心を打つ祝辞で式典は終了した。念火師の照明が暗くなり、人々が席を立ちはじめる。シオニーは舞台の階段を駆けおりた。絨毯《じゅうたん》をきちんと踏みもしないうちに、父の太い腕に抱き止められた。シオニーの体をくるくるまわし、耳もとで豪快に笑う。

「よくやった！」と笑い声をあげる。「本物の魔術師だ。折り師だぞ！」床におろしてがっちりとシオニーの両肩を押さえた。「見てみろ、ロンダ、すっかり大きくなって魔法まで使うこの子を」

母はハンカチで目頭を押さえ、シオニーを父の腕からたぐりよせて頬にキスした。

「自慢の娘よ」かすれた声を出す。「本当にひとかどの人物になろうとしているのね」

「ひとかどの人物になったんだ」父が訂正した。

ふたりの称賛に、シオニーは頬が痛くなるほど満面の笑みを浮かべて胸を張った。

「シオニー！」末の妹マーゴがシオニーの白いウールのスカートをひっぱりながら呼びかけてきた。「これってあたしたちに紙の家を作ってくれるってことでしょ！」

シオニーは笑った。「紙の家に住みたい人なんているの？」

マーゴはその問いにむっとして眉を寄せた。

「上出来じゃない、姉さん」ジーナがマーゴの後ろから言った。胸もとにスケッチブックをかかえており、エメリーに警戒の目を向けて、足から頭まで全身をじろじろ見る。その態度をどう判断すべきかわからなかったものの、シオニーはジーナがきてくれたのでほっとした。「まあ、あたしは楽しく
ないでしょうけどね、こんなのに肩を並べようとしてがんばるなんて」

「まあ、ジーナ」母が溜め息をついた。

「なに？」ジーナが問いかける。「お祝いを言ってるんだけど。これは皮肉っていうの、母さん」

「もうケーキがもらえるのかな？」弟のマーシャルがホールを出ていく人々を目で追いながらたずねた。「ケーキがもらえるって言っただろ？　腹が減ったよ」

父の返事は聞かなかった。肩に温かい手がかけられ、家族からエメリーに注意が移ったからだ。魔術師の正装ではなく、白いボタン留めのシャツときっちりアイロンをかけたスラックスという姿で、いつもの長いコートを着ることは控えていた。

両手でシオニーの顔を包んで「きみは最高だ」と言い、額に口づけてくる。透き通る

ように輝く瞳に見つめられて、シオニーは赤くなるのを感じた……それに両親の視線を受けて。ふたりをちらりと見たが、母は驚いていない様子で、父はマーシャルとデザートの協議をするのに忙しかった。ジーナはもう出口に向かっている。

（どっちにしても、どう思われるかなんて心配しないで）と自分に言い聞かせ、唇をほころばせてほほえむ。（誰にどう思われたっていい。これが正しいんだもの。ここがわたしのいるべき場所なのよ）

エメリーは片手の指をからませ、シオニーを引き寄せて耳もとでささやいた。「恥ずかしがる必要はない。きみはもう私の実習生ではないんだ」

シオニーはそっと笑い、頬の赤みをこすりおとそうとした。「なんだかがっかりしてるぐらいよ」と小声で返す。

父がこちらに注意を戻して言った。「わかった、ルフィオのケーキ屋にしよう、おまえが別のところに行きたくなかったらだが？」

シオニーは首をふった。「すてきね」エメリーをふりかえり、期待してたずねる。「きてくれる？　そんなに混んでないはずよ」

「耐えられるだろう」唇に微笑をちらつかせて相手は答えた。シオニーの手を口もとに持ちあげ、指の関節にキスする。

シオニーは顔を輝かせた。視野の端に見覚えのない男と話しているアヴィオスキー師の姿が映る。会話は終わって男は立ち去り、玻璃師はひとりになった。

「ちょっと待ってて」エメリーと両親の双方に声をかける。「廊下で落ち合うわ」

エメリーの手を離してアヴィオスキー師のほうへ歩いていく。背後で家族が出口へ向かい、エメリーの声が聞こえた。「ミスター・トウィル、お願いしたいことがあります――」

「アヴィオスキー先生！」シオニーはガラスの魔術師が行ってしまわないうちに呼びかけた。アヴィオスキー師はこちらに注意を向けた。やさしい顔つきだが、どうしたものかと迷っている風情だ。

あたりを見まわしてふたりきりで立っていることを確認してから、シオニーはたずねた。「この前お伝えしたことを考えてみていただけましたか？　どうしたらいいでしょう？」

玻璃師は吐息を洩らし、高い鼻から眼鏡を外した。鼻梁《びりょう》に残ったかすかに赤い痕をさする。「そのことしか考えられませんでしたよ、シオニー。お互いに決して情報を口外しないという誓いを立てるべきだと思うときもありますし、タジス・プラフで複数物質の魔術課程を設けるべきだと考えるときもあります」

シオニーはゆっくりとうなずいた。「いまはどうお考えですか？」

またもや溜め息だ。「ヒューズ先生に話すかもしれませんが、まだ決めていません。こうした問題を軽々しく扱うわけにはいきませんからね。既知の魔術の原理を変える可能性がある知識です——管理機構全体を」眼鏡を戻す。「それに無認可の魔術師に情報が洩れれば、本当に手にある問題になりかねません。いまのように簡単に得られる状況であってさえ、魔術は全員の手に入るようには意図されていないのですから。この街の誰もが指を鳴らしただけで鍵を破ったり火の玉を作ったりできるようになるとしたら、犯罪率がどうなるか想像してごらんなさい。際限がなくなりますよ」

「じゃあ、刑事省に応募するなら、言わないほうがいいでしょうね」

アヴィオスキー師はほほえんだが、本物の笑顔ではない印象だった。「ええ、いまのところは。もっとも、そういう職に応募する前に、少し経験を積んでおくことを忠告しますよ。それに結果を考慮するよう強く勧めますね」

「どんな結果です？」

「あなたは女性です、ミス・トウィル」アヴィオスキー師は指摘した。いちばん遠い出口のほうへ目をやる。そこではシオニーの家族が廊下へ出ていくところだった。魔術師が見ているのはエメリーだとわかっていた。「今日《こんにち》の社会で、わたくしたち女性は以前より力を持ちはじめています。とくに魔術師としては。あなたが選べる有望な職業はたくさんありますが、刑事省は母親の勤める場所ではありませんよ」

その台詞にシオニーは躊躇した。「わたし……なにをおっしゃっているのかわかりません」

玻璃師は鼻であしらった。「わたくしは愚かではないのですよ、シオニー。まあ、慎み深い態度は褒めておきますが。もちろん、あなたがクリスマスまで〝ミス・トウィル〟のままなら驚きますね。わたくしはただ、考えておくべきこととして伝えておきたかっただけです。道を進み出す前に、人生になにを求めるのか決めておきなさい」

その言葉に頬が熱くなったが、別のことに気づく。「いままでわたしを名前で呼んでくれたことはなかったのに」

アヴィオスキー師は微笑した。「もう同じ立場ですからね。そう呼ぶのがふさわしいという気がしたのです。結合についてですが……あなたとは連絡を取り合って、どう判断したか知らせます」

「ありがとうございます」

アヴィオスキー師は通路を歩いていった。

「シオニー?」聞き覚えのある声が背後から問いかけた。

ふりむくと、ベネットが隣の通路から近づいてきたところだった。

「ベネット！　きたのね」

「ああ」と答え、うなじをさする。もう一方の手はポケットに突っ込んだ。「おめでとう。合格するってわかってたよ」

「ありがとう。よかったらベイリー先生によろしくお伝えして」

「いや、先生もここに……」ベネットは客席を見渡した。その視線をたどると、ベイリー師が腕組みして後ろのほうに立っていた。少なくともいつもより不機嫌ではなさそうだ。

「でも、きみはもう行かなくちゃいけないんだろうな」ベネットはつけくわえた。「言っておくよ」

シオニーはほほえんだ。「ありがとう」

「それじゃ……」ベネットは首から手をおろした。「きみとセイン先生は……」

また顔が赤くなったが、それほどひどくはなかった。「わたし……ええ。だからベイリー先生に審査してもらったの。依怙贔屓《えこひいき》を避けるために」

「不思議だとは思ってたよ」

「ベネット――」

「ちょっと驚いてるんだ」と白状する。「きみがベイリー先生の家にきたとき、少し嫉妬したのは認めるよ。きみとセイン先生は仲がよさそうだったから。ふたりの関係がうらやましかったんだ。でもまさかきみが……」肩をすくめる。「たぶん、きみのことをそういう女性だと思ってなかったんだろうな」

筋肉がこわばった。「それってどういう女性ってことなのかしら、ベネット・クーパー？」

ベネットは頭をふった。「なにも言わないほうがよかったな」

「ええ、言わないほうがよかったわ」シオニーは鋭く返した。額縁に入った免状を胸にかかえて告げる。「試験を早く受けたほうがいいわよ、ベイリー先生みたいにならないうちにね」

ベネットはその言葉を物理的に投げつけられたかのように一歩さがったが、シオニーは残って言い争おうとはしなかった。ベネットには好感しか持っていないし、配慮に欠ける言葉で関係を壊したくない。もうこれ以上友人を失いたくなかった。

家族に追いつこうと急いで通路を進む。だが、客席から出たとき、待っていたのはエメリーだけだった。

手をのばしてくる。「行こうか？」

シオニーはその手をとって外へついていった。「ルフィオの店に行くんでしょう?」

「ああ、まあ」紙の魔術師は答えた。「別の車で行くだけだ」

シオニーはにっこりして——今日はなんとすばらしい日になったことか!——空いている手をあげ、エメリーの側頭部に走らせた。「まだこんなに短いのに慣れないわ。どうして切ったの?」

「もっと紳士らしく見えるように」

シオニーは鼻を鳴らしたが、相手の瞳はいたずらっぽくきらめいていた。ひょっとすると、いまの発言は冗談ではなかったのだろうか。

エメリーはタクシーを呼ばなかった。もうホールの外、通りのすぐ先に一台駐車させていたのだ。運転手はエンジンの脇で待っており、ふたりが行くとドアをあけてくれた。シオニーの正装を見て笑顔になる。(これを着てると、わたしが折り師だってイングランドじゅうに伝わるわ)シオニーは考え、座席の背にもたれた。(もうエプロンはおしまい。正式な魔術師になったのよ。来年のいまごろは自分の実習生がいるかもしれないわ!)

そう考えると圧倒された。年度の終わりにまた誰かが折り師に割り当てられるのだろうか。そもそも自分には実習生を訓練する心構えができているのだろうか?

「学校でボランティアを始めようかしら」シオニーは言った。「タジス・プラフでってことよ。外部講師として講義するとか、教育助手になるとか。あそこで働いている折り師はいないし、折り術をもっとよく知ったら、履修したがる学生が増えるかもしれないもの」

「悪くない考えだ」エメリーは笑顔で言った。「通勤に関して意見を述べたいところだが、ガラスがあればたちまち学校に行けるだろうな」

シオニーはうなずいた。「事故の可能性を最小限に抑えるために、玻璃師製の鏡を注文するわ」

「いまになってようやく、事故を最小限に抑えることを考えているようだ」エメリーはつぶやいた。声をたてて笑う。「きみという存在は謎だ、シオニー。考えてみるといい、指導役をむりやり押しつけられなかったら、この二年間私の生活がどれだけつまらなくなっていたか……」

「あなたが、むりやり？」シオニーは鼻で笑った。「失礼ですが、セイン先生、わたしは精錬師になりたかったんです」

「きみは全部になりたいんだろう」相手は反撃した。

「まあ、その選択肢があるんだったら……」シオニーはにやっと笑い、座ったまま向きを変えた。車の窓越しに遅い午後の陽射しが流れ込み、エメリーのまわりで妖精のように踊る様子を見つめる。

「うん？」と問いかけられた。

シオニーはゆっくりと鼻から息を吐き出した。「ただ考えてただけ」

「どんなに私を熱愛しているかを？」

「どんなにあなたがやせっぽちかを」とからかう。「わたしが三週間留守にしたら、まともに食べることもできないんだから」

「その点はすぐにあらためるつもりだ」

シオニーは口をひらきかけたが、エメリーの窓の外に郵便局を認めた。ふりかえって自分の窓の外をのぞく。

「まがりかどを通り越したわ」と言う。「ルフィオの店はスティールドライブの先よ」

「ああ、まだルフィオの店には行かない」エメリーは説明した。「まずちょっと寄るところがある。きみの家族は知っているよ」

「これがさっきうちの父に言ってた〝お願い〟なのね？」

「ああ」

シオニーは座席でくつろぎ、白い手袋を外すと、自分の窓を建物や人々が次々と通りすぎていくさまをながめた。目的地はあきらかに、家族と会う予定のケーキ屋からずっと離れているらしかった――車は道を走り続け、スティールドライブからどんどん離れていった。窓の外の建物は徐々に商業用ではなくなり、大きさが縮んで、そのうち住宅に変わった。家々のあいだの空間がどんどん広くなっていく。最終的に車は舗装された通りからまがり、草に覆われたふたつの丘にはさまれている細い土の道に入った。

　シオニーはエメリーのほうに向き直った。「どこに行くの？」

　エメリーは視線を合わせるかわりに前方へ目を向け、フロントガラス越しに展開していく景色を見つめた。「きっとわかる」

　シオニーは唇をかみ、自分の窓のほうをふりむくと、身を寄せて車のドアに指をかけた。風が髪を乱したが、押さえている髪留めは動かなかった。

　車が進むにつれて丘の数が増えてきた。地表に生えた草がぼうぼうに茂りはじめ、ところどころに木が目につくようになる。でこぼこ道のすぐ脇にあるひときわ大きな丘には、赤紫と黄金と紫の野花が一面に咲いていた。晩春の太陽のもとで、草の先端が金色に染まりかけている。

　車が速度を落とし、シオニーはその花咲く丘を凝視した。たしかに見たことがある。ただし、現実では一度も足を踏み入れたことがなかった。そう――ここはエメリーの心の奥に大切にしまってある場所、その希望の中に埋め込まれた場所だ。二年前、偶然の箱が見せてくれた幻に出てきた場所。

胸が高鳴った。肋骨と喉の付け根に鼓動が響く。水がなだれおちてくるような涼しい感覚が全身を包んだ。外をまわってきてドアをあけてくれるまで、エメリーが車からおりたことさえ気づかなかった。

エメリーが手をとった。シオニーは額縁に入った免状を座席に残し、無言でそのあとについて斜面を登っていった。一歩進むごとに動悸《どうき》が激しくなったが、体を動かしたせいではなかった。

ふたりは丘の頂上にたどりついた。見覚えのある栗色の葉をつけたプラムの木が生えている。ほんの数日で実が熟しそうだ。

エメリーは立ち止まり、プラムの木と風景をながめてからシオニーをふりかえった。あざやかに輝く瞳にすべてを読み取ることができた。わかっている、と脈が打つ。合わせた手を握りしめると、エメリーは身をかがめてくちづけてきた。まわりで野生の花の香りに満ちた風がそよぐ。

エメリーは体を離した。シオニーの額に額をあてる。目をのぞきこんできた。

「あなたが好き」シオニーはささやいた。

相手の瞳がほほえんだ。「話をすることになっているのは私だと思うが、ミス・トゥィル」

シオニーは黙って見つめた。

エメリーは手を離し、指先でシオニーの首の両脇をたどった。お互いの鼻先が吐息の分だけ離れている。「きみという女性のおかげで神を信じる気になるよ、シオニー」とつぶやく。「そうでなければ、どうしてきみを見つけることができたのかわからない。なにしろ、きみのほうから玄関先までやってきたんだからな」

シオニーはにっこりした。動悸がおさまる。

「自分の心の中を通り抜けた女性がいると本気で言える男が何人いる？」エメリーは問いかけた。「だが、私には言える。そして、もしきみが望んでくれるなら、そこにとどまってほしい」

シオニーの目に涙があふれた。まばたきして振り払おうとはしなかった。

エメリーはポケットに手を入れ、白と紫の紙の鎖をひっぱりだした。こぶしの幅ほどの大きさで、縦横に交差した何十ものちっちゃな輪でできている。術ではなく、ただ美しく見えるように作ったものだ。鎖には金の指輪が通してあり、陽射しを受けて薔薇色にきらめいた。中央に雨粒形のダイヤモンドがはめこまれ、両脇に小さなエメラルドがついている。

紙の魔術師は紙の鎖から指輪を外し、手の中でひっくり返した。片膝をついて口をひらく。

「シオニー・マヤ・トウィル、結婚してくれないか」

謝辞

拝啓　神／偉大なる御方／天の父／万物の創造主様

まじめな話、これはすごい経験でした。三巻目まで出せたこと、この三巻を読んでくださる人がいて（といってもたぶん謝辞は飛ばしているでしょうが）、道がまだ終わっていないということに、わたしは心の底から度肝を抜かれています。こんなにも多くの恵みをいただいたことにはお礼の申し上げようもありません。

この物語を形にするにあたっては、わたしの最初の読者たち、すなわちアンドリュー、ヘイリー、ローラ、そしてジュリアーナが大いに助けてくれたと神にお伝えしておくべきでしょう。柵の向こう側には、いつも通りマリーン、ジェイソン、アンジェラ、そして47ノース・チームがいてくれます。機会がありましたら、どうぞ彼らになにかちょっとした特別なおはからいをお願いします。

かわいい赤ん坊の娘を授けてくださり、ありがとうございます。娘が生まれたおかげで、どういうわけかこの本をより早く終わらせることができました。

わたしの下手くそな文章をずっと読み続けてくれ、意見交換《ブレーンストーミング》が必要なとき、かろうじて完全には興味を失うことなくつきあってくれる大切な夫にひきあわせてくださり、ありがとうございます。

本当に、あなたは偉大です。もちろん、そうでないと思っていたわけではありませんが。ただ……ありがとうございます。心から。

敬具

チャーリー・N・ホームバーグ

訳者略歴　早稲田大学第一文学部卒，英米文学翻訳家　訳書『紙の魔術師』ホームバーグ，『ミス・エルズワースと不機嫌な隣人』コワル，『仮面の帝国守護者』タヒア（以上早川書房刊），『白冥の獄』ヘイル，『うちの一階には鬼がいる！』ジョーンズ他多数

HM=Hayakawa Mystery
SF=Science Fiction
JA=Japanese Author
NV=Novel
NF=Nonfiction
FT=Fantasy

真実《しんじつ》の魔術師《まじゅつし》

〈FT597〉

二〇一八年三月　十　日　印刷
二〇一八年三月十五日　発行

（定価はカバーに表示してあります）

著者　チャーリー・N・ホームバーグ
訳者　原《はら》島《しま》文《ふみ》世《よ》
発行者　早川　浩
発行所　株式会社　早川書房

郵便番号　一〇一 - 〇〇四六
東京都千代田区神田多町二ノ二
電話　〇三 - 三二五二 - 三一一一（大代表）
振替　〇〇一六〇 - 三 - 四七七九九
http://www.hayakawa-online.co.jp

乱丁・落丁本は小社制作部宛お送り下さい。
送料小社負担にてお取りかえいたします。

印刷・中央精版印刷株式会社　製本・株式会社明光社
Printed and bound in Japan
ISBN978-4-15-020597-3 C0197

本書は活字が大きく読みやすい〈トールサイズ〉です。